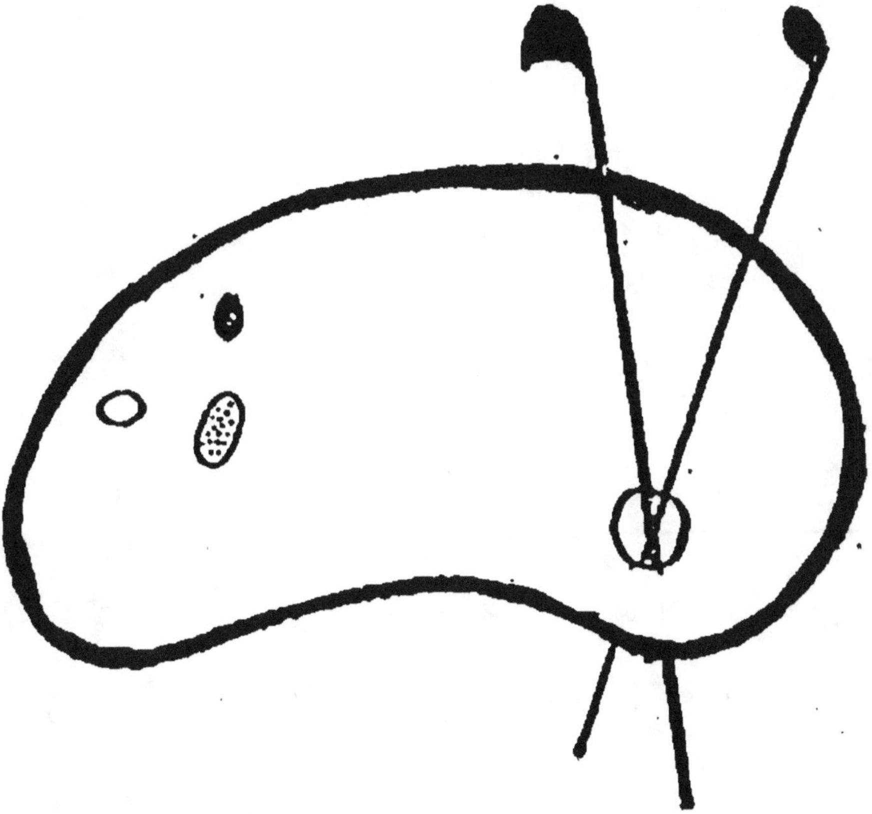

DEBUT D'UNE SERIE DE DOCUMENTS
EN COULEUR

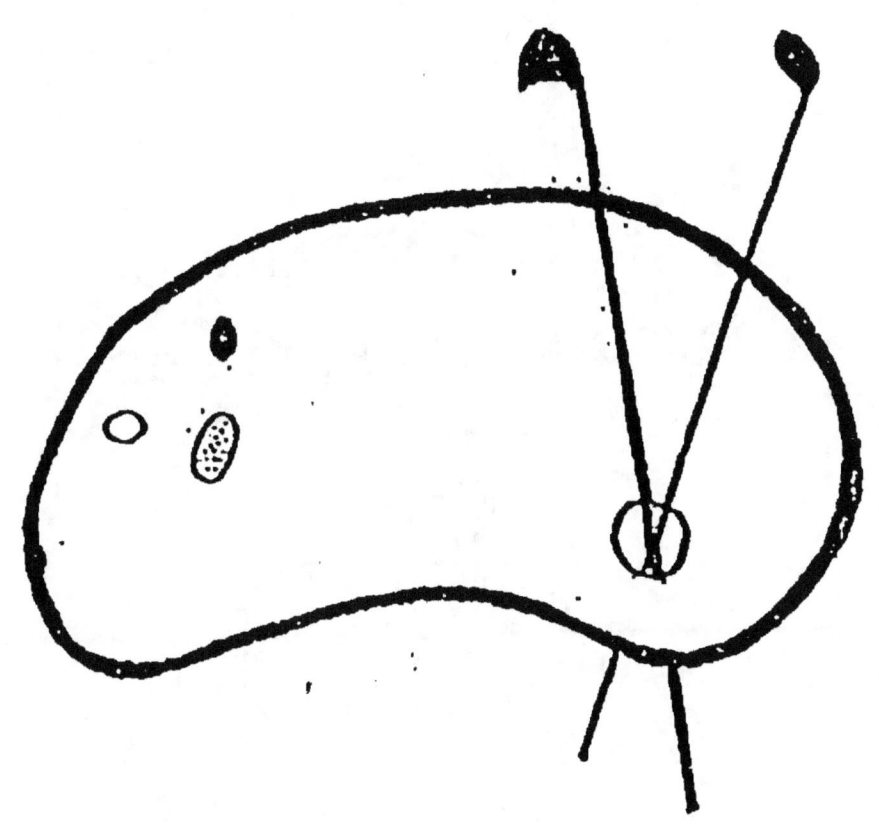

FIN D'UNE SERIE DE DOCUMENTS
EN COULEUR

CONTES MORAUX

POUR LES JEUNES ÉLÈVES

—

3ᵉ SÉRIE IN-8°.

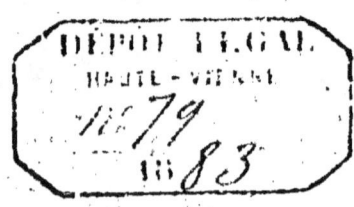

J. N. BOUILLY

CONTES MORAUX

POUR

LES JEUNES ÉLÈVES

ÉDITION REVUE.

LIMOGES

EUGÈNE ARDANT ET Cⁱᵉ, ÉDITEURS.

CONTES MORAUX

POUR

LES JEUNES ÉLÈVES

LA TIRELIRE

Cette narration, mes jeunes amis, a pour but de vous prouver que les plus petites économies, accumulées, produisent souvent de fortes sommes, procurent la jouissance de rendre un service important, de prévenir un grand malheur : et, comme le dit un des sages de l'antiquité : « Il n'y a pas rien dans la nature. »

Les nombreux élèves de l'enseignement mutuel d'un arrondissement de Paris portaient un attachement particulier au vieux concierge de leur école, père de deux garçons et de deux jeunes filles. L'aîné des garçons, employé dans une

imprimerie, s'était fait exempter de la conscription, comme fils aîné de famille pauvre, et
surtout comme étant atteint d'une névralgie qui
parfois l'obligeait de cesser son travail. Il n'en
était pas de même de son frère cadet, nommé
Charles : celui-ci, favorisé de la nature, joignait
à la figure la plus expressive une constitution
robuste ; aussi secondait-il son vieux père dans
le service pénible de l'école mutuelle. Seul des
quatre enfants, Charles habitait avec son père et
sa mère ; ses deux jeunes sœurs demeuraient
chez une proche parente, couturière très en vogue, qui les avait en quelque sorte adoptées, et
les initiait chaque jour à sa profession.

On conçoit aisément toute la tendresse qu'É-
tienne et sa femme portaient à leur bien-aimé
Charles, dont la bonté du cœur et la franche gaieté
faisaient le charme de leur existence, et leur at-
tiraient l'attachement et la considération de tous
les élèves de l'école. Il n'était pas un seul d'entre
eux qui n'eût reçu de cet excellent jeune homme
une prévenance, un service dont ils gardaient
tous le souvenir. Il était devenu leur confident,
leur ami : plus d'une fois même il leur avait
évité des punitions par sa prévoyance et son

adresse à réparer une faute, une étourderie ; plus
d'une fois il avait obtenu du directeur de l'établissement, homme à la fois juste et sévère, un
pardon qu'on était loin d'espérer. C'était Charles
qui se chargeait de classer et de mettre en ordre
le panier de chaque élève, contenant la provision
d'usage pour le déjeuner entre les deux classes.
C'était Charles qui raccommodait tantôt une corde
à sauter, tantôt une quille brisée, une casquette
déchirée ; on le regardait comme la providence
de cette jeunesse nombreuse, turbulente, que
d'un mot, d'un coup d'œil, il ramenait à l'ordre et
soumettait à sa volonté.

Un matin Charles, après avoir balayé la grande
classe, nettoyé les banquettes, les encriers, et
rangé les divers tableaux d'instruction, se repo-
sait assis sur une table, tout haletant et essuyant
avec la manche de sa chemise la sueur qui coulait de son visage. Le père Étienne le regardait
à travers une croisée du jardin, où s'étaient déjà
réunis plusieurs élèves, qui remarquaient sur les
traits du vieillard une vive altération, et voyaient
même des pleurs s'échapper de ses yeux. « Eh
quoi ! dit l'un des mutuels, vous pleurez, père
Étienne, en regardant votre fils ! Est-ce qu'il vous

causerait du chagrin? — Je ne saurais vous le cacher, répond le vieillard, et c'est pour la première fois de sa vie. — Lui, si bon, si prévenant! Et qu'a-t-il donc fait? — Oh! rien que de bien innocent : il vient de compter ses vingt et un ans; et dans quelques mois il sera de la conscription. S'il faut qu'il parte pour l'armée, ma pauvre femme en mourra de douleur; et moi, trop vieux, trop infirme pour vaquer aux travaux de concierge de l'école, je me vois réduit à terminer ma pauvre vie dans un hospice. — Vous, père Étienne! s'écrient presque à la fois douze ou quinze élèves de l'école, vous parmi les infortunés que l'on entasse dans les maisons de charité! nous ne le souffrirons jamais. — Eh! que ferez-vous, mes chers petits amis? Enfants presque tous d'honnêtes ouvriers qui ne vivent que du travail de leurs mains, vous ne pouvez m'être d'aucun secours. — Rien n'est impossible, lui répond avec une expression remarquable Casimir Blondel, fils d'un premier garçon menuisier; non, rien n'est impossible, quand on a dans le cœur une forte résolution de faire le bien : calmez vos craintes, prenez courage et laissez-nous faire. — Le vieillard, touché de ces paroles, jette sur eux un

regard plein d'espérance en se disant tout bas :
« O mon Dieu! secondez-les ! »

« Je devine quel est ton dessein, dit à Casimir
Joseph Girard, fils d'un ouvrier imprimeur. Tu
sais, comme moi, qu'en souscrivant pour une
somme... je ne sais pas laquelle, on s'assure un
remplaçant dans le cas où le sort obligerait à partir. — C'est cela même, répond Casimir; dès ce
soir je vais m'informer quelle est la somme nécessaire... — Et tous nos camarades, ajouta Joseph, demanderont, comme nous, à leurs parents
de se cotiser, chacun selon ses petits moyens,
pour empêcher notre bon ami Charles de se séparer de nous. — Oh! j'ai en tête un meilleur projet que tout cela. Je ne puis vous l'expliquer que
demain, pendant le déjeuner; en attendant, mes
amis, de la prudence et de la discrétion! »

Le lendemain, Casimir, qui avait pris tous les
renseignements nécessaires, réunit en secret un
grand nombre de mutuels dans la salle de récréation, et leur apprend qu'il existe dans Paris un
bureau d'assurance où, moyennant une somme
de six cents francs déposée avant le jour du tirage au sort, on se procure un remplaçant. «C'est
à nous, ajouta-t-il avec l'élan de l'âme, à nous

procurer cette somme, afin de conserver parmi
nous ce bon Charles que nous aimons tant, et
qui maintenant est devenu l'unique soutien de
ses pauvres parents. Si chacun de nous parlait
aux siens, la somme, j'en suis sûr, serait bientôt
réalisée ; mais ce n'est qu'à nous seuls, mes chers
camarades, que Charles devra sa délivrance, si
vous adoptez le plan que j'ai conçu. — Explique-
toi donc ! lui disent plusieurs élèves. — Voici ce
que j'ai imaginé... mais que deux d'entre vous
aillent faire sentinelle à la porte, de crainte qu'on
ne puisse m'entendre ; car mon projet exige un
grand mystère. » Toutes les précautions étant
prises, Casimir poursuivit en ces termes :

« Ce sera dans trois mois, c'est-à-dire vers la
fin d'avril, qu'aura lieu le tirage de la conscription ; et il faut que les six cents francs soient
déposés avant cette époque au bureau des remplacements. Nous sommes cent soixante élèves
dans l'école : si chacun de nous pouvait déposer
dans une tirelire, que je me charge de nous procurer, seulement un sou par jour, cela ferait
deux cent vingt-cinq francs par mois : ce qui
produirait au-delà de la somme nécessaire. Plusieurs d'entre nous, je le sais, ne peuvent obtenir

de leurs parents cette modique offrande; mais un grand nombre pourront déposer le double : moi tout le premier; ma bonne mère me donne tous les matins deux sous pour acheter des pommes ou du fromage à notre déjeuner de l'école : je les dépose de bon cœur dans la tirelire, et je mange mon pain sec. — Et moi, dit Joseph Girard, je m'en vais de temps en temps cajoler ma grand'tante, fameuse épicière, qui me lâche assez souvent une pièce de vingt sous ; je vous la campe dans la tirelire. — Oh ! si je pouvais devenir moniteur ! s'écrie Germain Castel, fils d'un peintre en bâtiments, mon parrain l'agent de change m'a promis une pièce d'or : ça meublerait joliment la tirelire... »

Enfin chaque élève s'offre à fournir tout ce qui sera en son pouvoir, à l'exception toutefois de cinq ou six jeunes gaillards, qui soutiennent qu'on peut bien manger son pain sec pendant plusieurs jours de suite; mais que, pendant trois mois, c'est impossible; et que tels et tels qui font les généreux, les magnanimes, seront peut-être les premiers à négliger la tirelire pour acheter quelque friandise. « Nous ne forçons personne, et chacun de nous est libre, répondent à la fois

Casimir et Joseph ; mais, dans tous les cas, nous ne risquons rien d'essayer nos cotisations. — Oui, oui, essayons, s'écrient presque tous les mutuels. — Mais c'est à condition, reprennent les réfractaires, que chacun déposera son offrande en secret, afin que ceux qui donneront le plus ne dédaignent pas ceux qui donneront le moins, ou peut-être rien du tout. »

Cette proposition est acceptée à l'unanimité. On convient donc que, tous les lundis, à l'heure de la récréation, on déposera secrètement le fruit de ses économies de la semaine dans une tirelire à deux clefs pouvant contenir la somme de six à sept cents francs, tant en gros sous qu'en petites pièces blanches, et qu'au bout d'un mois il en serait fait l'ouverture par deux caissiers et trois commissaires élus, pour constater le produit ; ce qui fera prendre, par l'assemblée générale, la détermination de continuer ou de cesser la cotisation. On procède, en conséquence, aux élections. Casimir Blondel et Joseph Girard sont nommés les deux trésoriers, et chacun sera le dépositaire d'une clef de la tirelire. Germain Castel, avec deux chauds partisans de la souscription sont élus commissaires inspecteurs.

Dès le lundi suivant, une tirelire à deux serrures fut placée dans une encoignure de la salle de récréation : elle était couverte d'une vieille souquenille appartenant à Charles, qu'il avait bien fallu mettre à moitié dans le secret, et auquel on avait fait accroire que c'était une cotisation de l'école pour la fête du directeur. Chaque élève déposa donc secrètement ce qu'il voulut; et, dès que la cloche de la rentrée se fit entendre, le crédule Charles emporta dans sa chambre la tirelire, qu'il représenta, le lundi suivant, à l'heure ordinaire où les offrandes se renouvelaient, et dont s'emparait encore Charles, bien loin de se douter qu'il fût la cause de cette mystérieuse cotisation.

Mais ce mystère si ponctuellement observé faillit être révélé par les marchandes de pommes, de pain d'épice et de gâteaux de Nanterre, qui se tenaient à l'entrée de l'école et ne faisaient pas ensemble plus de dix sous de recette dans la journée. Ce n'était, en effet, que les cinq ou six réfractaires et quelques gourmands incorrigibles qui continuaient en secret leurs achats et feignaient ensuite de déposer leur offrande dans la tirelire... mais ils ne tardèrent pas à se repentir de leur égoïsme.

Enfin arriva le dernier lundi du mois de fé-
vrier, et nos mutuels furent empressés de savoir
ce qu'avaient produit leurs cotisations et leurs sacrifices. « Voyons, disaient les uns, si notre premier mois s'élève au tiers de la somme nécessaire pour racheter notre ami Charles ; cela nous
donnera du courage pour achever notre entreprise. » On procède donc à l'ouverture de la tirelire : Casimir et Joseph, dépositaires des deux
clefs, ouvrent chacun une serrure ; Germain Castel et les deux autres commissaires inspecteurs
lèvent le dessus de la tirelire ; on met à part les
pièces blanches ; on forme des piles d'un franc
avec les pièces de billon, qui sont en bien plus
grand nombre, et le total se monte... à la somme
de cent quarante-cinq francs vingt centimes.

« J'étais bien sûr, dit alors le chef des réfractaires, que vous ne parviendriez pas à former en trois
mois de temps la somme de six cents francs. Pauvres dupes ! c'était bien la peine de vous priver
des douceurs de la vie. — On ne fait pas le bien,
lui répond Casimir avec énergie, sans éprouver
des obstacles, des contre-temps. Pour moi, je ne
me laisse point abattre par cette première épreu-
ve ; et si mes camarades veulent me seconder,

nous en tenterons une seconde, qui peut-être
nous sera plus profitable. — Adopté ! » s'écrient
presque tous les mutuels. Et les six réfractaires
de rire aux éclats, en leur souhaitant bon appétit
pour manger leur pain sec pendant un mois encore. On convient donc de laisser les cent quarante-cinq francs vingt centimes en dépôt dans
la tirelire, qu'on referme à double serrure ; on la
confie de nouveau à Charles, qui, croyant toujours que c'est une collecte pour la fête du directeur de l'école, a le plus grand soin de la soustraire à ses regards.

Le lundi suivant, au moment de la récréation,
la tirelire fut remise à sa place ordinaire, toujours couverte de la vieille souquenille ; et, au
signal donné, les offrandes recommencèrent. Casimir et Joseph remarquaient avec plaisir qu'elles
étaient faites avec plus d'empressement, et puis,
ce qui semblait leur donner quelque espoir, c'est
qu'on touchait aux jours gras, époque où chaque
élève recevait de ses parents de quoi les célébrer :
ce qui pourrait être favorable à la recette du
mois. Germain Castel était devenu moniteur ;
Joseph Girard espérait, en cajolant bien sa vieille
tante l'épicière, obtenir d'elle une pièce de cinq

francs pour son carnaval; en un mot, tout paraissait offrir d'heureuses chances pour le second mois de la tirelire.

Il arriva, ce jour si impatiemment attendu, qui devait combler d'espoir ou faire échouer les projets des intéressants mutuels; car il était unanimement arrêté que, si la cotisation du second mois n'était pas plus forte que celle du premier, on renoncerait, non sans de vifs regrets, à procurer un remplaçant au bon Charles, toujours dépositaire de la tirelire. Au moment donc où le directeur de l'école allait faire lui-même son repas accoutumé, Casimir et Joseph, seuls avec les trois commissaires inspecteurs, profitant d'un grand jeu de ballon qui occupait dans la cour presque tous leurs camarades, procédèrent, en tremblant, à l'ouverture de la tirelire. « Oh! que de pièces blanches! s'écrie Joseph Girard en soulevant le couvercle. — Que vois-je! s'écrie à son tour Casimir Blondel, deux pièces d'or et plusieurs pièces de cinq francs! — On voit bien, dit en sautant de joie Germain Castel, que Joseph a été cajoler sa grand'tante l'épicière. — Et que toi, lui répond Joseph, tu as reçu de ton parrain l'agent de change le prix de ton grade de moniteur. — Chacun de nous a fait de son mieux, dit à son tour Casimir. Ne perdons pas de temps, sachons à combien s'élèvent nos deux premières cotisations. » On fait le compte, et le total se monte à la somme de quatre cent trente-deux francs quatre-vingt-quinze centimes; ce qui portait la seconde cotisation presque au double de la première. Cet heureux résultat fut annoncé à tous les mutuels, qui sautèrent de joie en jetant en l'air leurs casquettes et portant un regard de triomphe sur les six réfractaires qui baissaient les yeux et commençaient à se repentir de leur obstination.

Il fut convenu qu'aussitôt la classe terminée les deux trésoriers et les trois commissaires inspecteurs iraient porter les quatre cent trente-deux francs quatre-vingt-quinze centimes au directeur du bureau des remplacements. On se doute aisément de tout l'intérêt qu'ils inspirèrent à cet honnête agent, qui leur en donna quittance, inscrivit aussitôt Charles Étienne parmi les conscrits remplacés, et promit aux cinq représentants de l'enseignement mutuel de leur remettre la lettre d'assurance en faveur de leur protégé dès que les six cents francs seraient déposés à sa caisse.

La troisième cotisation eut donc lieu comme les deux premières, et produisit au-delà de deux cents francs, tant le désir de sauver Charles de la conscription avait excité, parmi les élèves, de zèle et de privations. Peu de jours après eut lieu le tirage à l'Hôtel-de-Ville. Charles Étienne, accompagné de son père, vivement ému, tire un numéro qu'il déplie en tremblant ; mais, avant même qu'il en connaisse le chiffre, les cinq commissaires des mutuels s'élancent vers lui, et lui remettent son congé par remplaçant, que leur avait délivré le directeur du bureau d'assurance. Il était temps : car le numéro tiré par Charles portait 13, et sous six semaines le jeune conscrit eût rejoint le régiment auquel il était destiné.

Il serait difficile de peindre la joie et le saisissement du père et du fils, enlacés dans les bras l'un de l'autre ; cette admirable cotisation des mutuels fut applaudie de tout le monde, et répandue dans leur arrondissement. Ce fut surtout l'excellente mère Étienne qui faisait éclater son bonheur et sa reconnaissance. Dès le lendemain, elle s'établit à la porte de l'école, et chaque élève qui paraissait était pressé sur son sein palpitant et mouillé de ses larmes maternelles. Charles,

placé près de cette heureuse et digne femme,
donnait de même un bon gros baiser à chacun
de ses jeunes libérateurs, et se promettait bien
de conserver toute sa vie la tirelire qu'il était
loin de regarder comme devant servir à sa délivrance... Mais au moment où il voulait de même
presser dans ses bras un des six réfractaires, qui
s'avançait d'un air confus et les yeux baissés,
celui-ci s'arrêta tout-à-coup, en lui disant : « Tu
ne me dois rien, bon Charles ; je n'ai rien mis
dans la tirelire, et tu m'en vois honteux et repen-
tant. » Il en fut de même des cinq autres dissi-
dents ; et le supplice de ces égoïstes fut au comble, quand ils virent le directeur de l'école embrasser à son tour ses chers élèves, et les féliciter
de leur constance, de leur courage et de leurs privations, puis porter sur les six réfractaires un regard de mépris accompagné d'un silence plus
accablant encore.

On remit à Charles le surplus des six cents
francs, pour renouveler sa vieille souquenille,
dont il avait couvert avec tant de soin sa chère
tirelire ; et cette aventure ne fit qu'augmenter son
zèle dans son service pour l'école... Le maire de
l'arrondissement, instruit du généreux dévoue-

ment des mutuels, voulut leur en exprimer toute
sa satisfaction dans un dîner somptueux qu'il
leur donna. Leur directeur et la famille Étienne
y furent invités, mais les six réfractaires n'osè-
rent pas y paraître. On prétend même qu'ils
furent obligés de se retirer de l'école pour se
soustraire aux brocards dont chaque jour ils
étaient accablés... Qu'ils vous servent de leçon,
mes jeunes amis; n'oubliez jamais que refuser
de s'associer à une bonne action, de coopérer au
bien public, c'est se séparer de ce faisceau qui
fait la force et le salut de tous; c'est s'exposer à
ne trouver dans le malheur que des indifférents
qui nous dédaignent à leur tour; c'est, en un
mot, renoncer à ce qu'il y a, pour l'homme, de
plus précieux sur la terre : l'estime et l'attachement de ses semblables.

LA SORTIE DE L'ÉCOLE

ou

L'ESPIÉGLERIE.

Souvent ce qui ne paraît être d'abord qu'une étourderie de jeunesse devient une faute grave dont les suites sont funestes et produisent le repentir. On doit toujours, lorsqu'on se livre à la gaieté du jeune âge, se dire entre camarades : « Amusons-nous ! mais ayons soin d'être à l'abri de tout reproche. Un plaisir coupable se change bientôt en souffrance. »

Dans un village des environs de Paris était établie depuis longtemps une école, dirigée par un homme de mérite qui joignait à son attachement pour ses élèves la prudence et l'austérité nécessaires à les guider dans le chemin de la vertu.

Aussi M. Germont jouissait-il d'une vénérable considération, et son institution devenait chaque jour plus recherchée et plus nombreuse : c'était

la réunion presque générale de tous les enfants
de dix à quatorze ans. Il savait, avec autant
d'art que de patience, développer les premiers
élans de leur intelligence, diriger leurs premiers
penchants, tout en leur donnant les idées primi-
tives de la religion, de la morale et de l'histoire.
Tous les mutuels le chérissaient, l'honoraient
comme un père ; et les jeunes gens établis qu'il
avait instruits à son école lui conservaient une
reconnaissance et une affection dont il recevait
chaque jour les preuves les plus flatteuses, les
plus touchantes. Les cœurs qu'on a formés res-
semblent à ces arbrisseaux que dirige un habile
cultivateur, et qui bientôt couvriront ses cheveux
blancs d'un salutaire ombrage.

Tous les élèves du vénérable Germont ne formaient, pour ainsi dire, qu'une famille. Rien
n'unit plus intimement les enfants que ces devoirs mutuellement remplis, que ces rivalités
tour à tour satisfaites, que cette mise en commun
de travaux et de progrès qui composent, pour
ainsi dire, un domaine général dont chacun
prend sa part ; c'est un troupeau d'agneaux pais-
sant l'herbe printanière et venant lécher la main
du vieux berger qui les conduit. La paix et l'har-

monle régnaient donc dans l'intérieur de l'institution Germent ; mais, sitôt que la cloche annonçait la fin de l'étude, les mouvements de chaque élève devenaient plus rapides, leurs yeux brillaient de ce désir de liberté si longtemps comprimée, et, la prière terminée, tous nos mutuels sortaient comme un torrent qui jaillit d'une roche escarpée, se livrant à tous les jeux, à toutes les espiègleries de leur âge.

Un soir du mois de juillet, le soleil répandait encore sa chaleur dévorante ; ils aperçoivent une jeune villageoise de quatorze à quinze ans, endormie à l'ombre d'un pan de mur de l'église du village, la tête appuyée sur un banc de pierre ; ses vêtements annonçaient l'indigence : un vieux chapeau de paille couvrait sa tête, et sa figure, qu'inondait la sueur, était d'une expression remarquable. « Je la reconnais, dit un des mutuels, nommé Félix, fils d'un charron ; c'est Élisa Bernard, la fille d'un terrassier, dont la femme possède une vache qui fournit du lait chez mon père, et qui est toujours excellent... Si nous y goûtions, ajouta-t-il en désignant le grand vase de grès à deux anses, couvert de fer-blanc, qui se trouvait auprès de la dormeuse. — J'y veux goûter aussi, dit un autre jeune espiègle, en passant déjà sa langue sur ses lèvres; cela lui apprendra à s'endormir de la sorte, au lieu d'aller distribuer son lait à ses pratiques. » En achevant ces mots, il s'avança sur la pointe du pied, découvrit doucement le vase, et s'emparant d'une mesure d'étain attachée à une anse par une ficelle, il la remplit de lait, qu'il avala en disant à demi-voix : « Délicieux, c'est dommage qu'il soit chaud. » Félix prend à son tour la mesure d'étain, avec laquelle il fait la même libation que son camarade; et, à leur exemple, une douzaine de mutuels épuisent tour à tour le vase de la jeune laitière, toujours plongée dans un profond sommeil.

« Tenons-nous à l'écart, reprend aussitôt Félix, pour jouir de sa surprise à son réveil... — Oui, oui, lui répondent ses camarades; oh! que nous allons rire! » Ils se blottissent tous dans une ruelle qui conduit à l'école, et de là leurs regards se portent furtivement sur la jeune fille, qui bientôt cesse de dormir, se lève et prend à son bras le vase de lait pour aller le distribuer à ses pratiques, afin d'en recevoir le prix indispensable à l'existence de sa famille; mais elle s'aperçoit que le vase est d'une effrayante légèreté; surprise, tremblante, elle ôte le couvercle de fer-blanc, et n'y trouve plus rien. Elle craint d'abord qu'en le posant à terre elle ne l'ait heurté contre un caillou qui aurait causé une fêlure au vase; mais, dans ce cas, le sol conserverait encore la trace du lait écoulé, et rien n'offre un pareil indice.

Elle cherche en vain ce qui peut être la cause d'un événement aussi étrange, et nos mutuels de s'égayer entre eux de son embarras, de son incertitude. Enfin, elle s'aperçoit que la mesure d'étain qui lui sert à distribuer sa marchandise est imprégnée du liquide si étrangement disparu, et soudain elle s'écrie d'une voix déchirante et les yeux noyés de larmes : « On a bu mon lait! on m'a dérobé notre gain de la journée, le produit de notre vache devenu notre unique ressource, depuis que mon père s'est blessé à la jambe et ne peut travailler. Que va-t-il dire quand je vais rentrer à la maison sans sa bouteille de vin qui le restaure? Il est si vif, si emporté! et ma pauvre mère qui attend le pain de quatre livres pour notre souper et notre nourriture du lendemain... Oh! mon Dieu! mon Dieu! que vais-je devenir?... Si j'allais chez le boulan-

ger et le marchand de vin leur raconter mon
aventure et les prier de m'avancer les provisions
de la journée?... Oh! non; ils ne croiraient jamais
que je me suis laissé prendre mon lait, là, tout
près de moi; cela donnerait des soupçons; et
puis mon père me blâmerait d'avoir osé prendre
à crédit : il est pauvre, mon père, mais il a cette
fierté d'un ancien militaire; il ne me le pardon-
nerait pas... Mais que va-t-il manger à souper,
lui qui a si grand besoin de reprendre des forces?... Que résoudre? Que faire?... Oh! mon
Dieu! mon Dieu! que vais-je devenir? »

Ces plaintes douloureuses et ce profond désespoir firent bientôt cesser les ris sournois de nos
mutuels; ils auraient voulu pouvoir restituer à
la pauvre fille les vingt mesures de lait qu'ils
avaient bues sans songer que c'était la ressource
d'une honnête et pauvre famille. Ils se regar-
daient les uns les autres avec ce silence et cette
confusion qui annoncent le trouble de l'âme. S'ils
eussent eu sur eux quelque argent, quelque simple pièce de monnaie, ils se fussent cotisés pour
offrir à la malheureuse Élisa le prix des six pintes
de lait qu'ils avaient dérobées. Leurs parents, il
est vrai, donnaient à la plupart d'entre eux deux

sous chaque jeudi, sur un bon de contentement que leur accordait leur vénérable instituteur; mais, le soir même, tout était dépensé en bâtons de sucre d'orge, qu'on achetait chez la mère Michel, qui tenait dans le village une petite boutique d'épiceries.

Cependant les mutuels, toujours tapis dans la petite ruelle de l'école, aperçoivent la laitière qui, sa cruche vide sous le bras, et paraissant s'armer de courage et de résignation, regagnait en pleurant l'humble demeure de ses parents. Ils la suivent des yeux avec un intérêt dont ils ne peuvent se défendre, et tiennent aussitôt conseil sur le parti qu'ils avaient à prendre. « D'abord, dit Félix avec l'élan du repentir et de la pitié, nous ne souffrirons pas qu'un brave militaire blessé se passe de souper. Je vais tout conter à ma bonne mère, et je suis sûr d'avance qu'elle me donnera de quoi remplacer la bouteille de vin, — Et moi, reprit un des plus espiègles, confus et touché du désespoir de la jeune fille, je vais demander à mon oncle, le boulanger, un pain de quatre livres, en lui certifiant que c'est pour une bonne action, et je me joins à toi pour compléter le souper de ces pauvres gens que notre étourderie pouvait

réduire à souffrir la faim. — Mes amis, s'écria
un troisième espiègle, faisons mieux, et répa-
rons par nous-mêmes la faute que nous avons
commise, et dont je souffre autant que vous. Le
vase de lait que nous avons vidé pouvait, si je
ne me trompe, en contenir vingt mesures à deux
sous : eh bien! prions nos parents, à qui nous
confesserons tout franchement notre faute et notre repentir, de nous avancer à chacun notre semaine, et nous irons tous ensemble remettre au
brave père d'Élisa les quarante sous dont nous
lui avons fait tort. Cela vaudra mieux que de lui
offrir un pain de quatre livres et une bouteille
de vin, ce qui aurait l'air de lui faire la charité. »

Cette proposition fut adoptée à l'unanimité.
Chaque mutuel se rendit à la hâte auprès de ses
parents, dont il reçut, par avance, les deux sous
du jeudi, non sans quelques justes réprimandes
sur le vol qu'ils avaient fait; et tous, se réunissant à l'endroit même où le délit avait été com-
mis, ils s'acheminèrent vers la demeure l'Élisa
Bernard, située tout au haut du village.

Pendant ce temps-là, qu'était devenue la jeune
et intéressante laitière ? Elle avait gagné l'entrée
de son habitation, n'osant ou plutôt n'ayant pas

la force d'y pénétrer, tant son pauvre cœur battait! Comment se présenter devant son père et sa mère, sans les provisions d'usage? Enfin, tremblante et respirant à peine, elle s'avance, les mains vides, et raconte avec franchise et vérité l'étrange et cruelle aventure dont elle est l'innocente victime. « Innocente! cria le père de la malheureuse, avec la colère d'un ancien militaire. Eh! pourquoi t'étais-tu endormie? — J'étais si lasse, mon père, et la chaleur était si forte! — Sais-tu bien que l'on condamne à mort la sentinelle qui s'endort! c'est toi seule qui es coupable. « En achevant ces mots, il veut donner un coup de béquille sur le dos de sa fille; il la frappe au front, au-dessus de l'œil gauche, et lui fait une entaille d'où le sang coule en abondance. Élisa tombe sur le carreau; sa mère effrayée la relève dans ses bras, en s'écriant : « Ma fille! ma pauvre enfant! elle est morte! elle est morte! — Non, non! » reprend Bernard, pâle de frayeur, et s'accusant de son excès de brutalité. Il la soutient à son tour, malgré la faiblesse de sa jambe, et cherche à étancher le sang qui inonde le visage et les vêtements de son enfant. C'est à ce moment même que se présentent les mutuels pour restituer le prix du lait qu'ils avaient bu.

Oh ! quels furent leur saisissement et leur surprise à l'aspect de ce tableau déchirant ! La jeune
fille, sans mouvement et presque sans vie, dans
les bras de sa mère, invoquant la miséricorde di-
vine, pendant que le malheureux père s'arrache
les cheveux de désespoir d'avoir fait couler le
sang d'une aussi bonne, d'une aussi intéressante
créature. Ils se jettent tous à genoux, en disant :
« Sauvez-la !... sauvez-la !... c'est nous seuls qui
sommes coupables » Ces cris, d'une expression
pénétrante, tirèrent Élisa de son anéantissement.
Elle reprit ses sens, et son premier soin fut de
rassurer son père et sa mère, en leur disant avec
une douceur admirable et l'expression la plus pénétrante : « Calmez-vous !... ce n'est rien... Calmez-vous, je vous en prie ! » Le vieux soldat veut
exprimer à sa fille son regret de l'avoir frappée ;
et, les yeux remplis de larmes, il réclame son
pardon ; mais à peine ce mot est-il sur ses lèvres,
qu'Élisa les couvre des siennes, en disant qu'un
père a tout pouvoir sur son enfant. S'adressant
ensuite aux mutuels, émus d'une scène aussi
déchirante, elle leur dit : « J'accepte le prix du
lait que vous m'avez dérobé, et j'ose croire que
vous vous souviendrez de ce qui se passe sous

vos yeux. — Oh ! dit Félix, encore plus ému que tous ses camarades, c'est moi qui suis le plus coupable ; c'est moi qui le premier ai conçu l'indigne pensée de boire votre lait, sans songer à tout ce que pourrait produire une pareille faute. Le sang qui coule encore sur votre visage ne s'effacera jamais de mon souvenir. »

Cependant le jour touchait à sa fin, et rien n'était préparé pour le souper de la pauvre famille. Félix alors proposa aux mutuels d'aller, chacun chez ses parents, chercher de quoi réconforter ceux qu'ils avaient réduits au plus pressant besoin. « Je cours chez ma bonne mère, ajoute-t-il, et sous un quart d'heure j'apporte ici une excellente soupe au lard. — Et moi, deux vieilles bouteilles de mâcon, dit un des complices. — Et moi, une oie rôtie, s'écrie le fils de l'aubergiste du village. — Et moi, trois gros pains de première qualité, ajoute le neveu du boulanger. » Enfin il n'est pas un seul complice qui n'offre à concourir, chacun selon ses moyens, à réparer le mal qu'avait produit leur coupable étourderie. « Eh bien ! j'accepte vos offres, leur répond Bernard ; mais c'est à condition que vous reviendrez tous faire avec nous le souper de la réconcilia-

tion. Allons, que tout soit oublié!... excepté le
coup que j'ai porté par mégarde sur le front de
mon Élisa. » En achevant ces paroles, il la presse
de nouveau dans ses bras, et pose ses lèvres
tremblantes sur la blessure qu'il a faites, en disant d'une voix étouffée : « Verser le sang de
l'ennemi, à la bonne heure... mais celui de son
enfant!... oh! je ne me le pardonnerai jamais. »

Il prédisait la vérité, le vieux brave. Jamais,
en effet, tant qu'il vécut, il ne pus arrêter ses regards sur sa fille sans éprouver un mouvement
douloureux, qui remuait ses entrailles paternelles.
Les mutuels, de leur côté, furent en butte aux
mordantes plaisanteries des uns, aux humiliantes
qualifications des autres; on ne les désignait,
dans tout le village et ses environs, que sous le
surnom de *buveurs de lait ;* et lorsqu'ils rencon-
traient Élisa Bernard, ils baissaient les yeux devant elle. La forte cicatrice qu'elle avait au-dessus de l'œil gauche leur causait une secrète souffrance que l'excellente fille cherchait à calmer par
un sourire et par un serrement de main qui les
humiliaient plus encore... tant il est vrai qu'une
faute grave que l'on croit expier est comme une
tache impure qui tombe sur un vêtement blanc,

d'où l'on s'efforce en vain de la faire disparaître;
il y reste toujours une trace ineffaçable. Jeunes
espiègles qui lisez ce récit historique, ah! lorsque
vous vous livrerez aux enivrantes folies de votre
âge, rappelez-vous *la sortie de l'école*, et ne faites jamais rien dont vous puissiez rougir un
jour !

LE CERF-VOLANT.

Après vous avoir précédemment raconté, mes
jeunes amis, ce qu'une simple espièglerie peut
souvent causer de regrets et de repentir, je vais
vous faire maintenant le récit d'un trait d'humanité dont s'honorèrent, presque sous mes yeux,
quatre pauvres villageois de douze à quatorze
ans, et qui vous prouvera que rien n'embellit une
partie de plaisir comme une bonne action.

Dans un hameau situé aux environs de Saint-
Germain, habitaient quatre adolescents, à peu
près du même âge, appartenant à des familles

qui n'existaient que du travail de leurs mains.
Maurice était le fils d'un bûcheron ; Georges celui d'un terrassier ; Alexis était devenu l'unique
consolation de la veuve Durand, dont le mari,
garçon charpentier, s'était tué en tombant d'un
échafaudage ; enfin Michel, orphelin presque en
naissant, avait été adopté par son oncle Thibaud,
jardinier, qui l'aimait comme son enfant.

Élevés, pour ainsi dire ensemble, habitués
aux jeux du premier âge, nos gentils villageois
s'aimaient beaucoup, s'entr'aidaient dans leurs
travaux, et se partageaient le peu de petites douceurs que pouvaient leur procurer de pauvres
parents. Rien ne cimente l'amitié comme cet égal
partage de tout ce qui compose l'existence.

Le hameau qu'ils habitaient n'étant qu'à une
demi-lieue de Saint-Germain, où les frères de la
Charité dirigeaient une école, Alexis et Michel
s'y rendaient régulièrement chaque matin, portant leur déjeuner dans un petit panier de jonc,
et ils n'en revenaient que vers deux heures, pour
dîner avec leurs parents et partager leurs travaux tout le reste de la journée. Maurice et
Georges avaient souvent éprouvé le désir d'accompagner leurs camarades chez les bons frères ;

ils y apprenaient à lire et à écrire, y recevaient
surtout d'excellentes leçons de morale et de religion qui formaient leur esprit, leur cœur, et les
disposaient à compter un jour parmi les hommes
utiles et les bons citoyens. Mais Georges était indispensable à son père, dont la santé s'affaiblis-
sait chaque jour; et Maurice préparait au sien
les liens des fagots qu'il abattait dans la forêt;
car rien n'est à négliger dans les travaux péni-
bles, et la plus petite aide épargne souvent bien
des gouttes de sueur.

Ce n'était donc que le soir, après le coucher du
soleil, que nos petits amis pouvaient se réunir et
se raconter leurs occupations de la journée. Oh!
que de confidences intéressantes! que de projets pour le dimanche suivant, jour de repos, de
vacances à l'école, et par conséquent de promenades dans la forêt et ses beaux environs!

Ce qui avait surtout excité au plus haut degré
leur admiration, c'était un grand cerf-volant de
papier bleu de ciel, orné de chiffres et emblèmes,
lancé dans les airs par plusieurs jeunes gens de
la ville, sur la belle terrasse qui borde la Seine,
et dont le magnifique aspect s'étend sur toute la
vallée de Montmorency, jusque par-delà les anti-

ques clochers de Saint-Denis. Cette terrasse est,
par sa position élevée, le lieu le plus admirable-
ment choisi pour lancer un cerf-volant et le maintenir à perte de vue dans les airs. Aussi le triomphe des jeunes gens qui le dirigeaient se mani-
festait-il par mille cris joyeux. Cette joie si vive
pénétra jusqu'au fond des cœurs de nos quatre
amis, qui suivaient des yeux le nouvel Icare de
papier, et ils convinrent d'une voix unanime
d'attendre qu'il fût ramené à terre, pour en exa-
miner la forme, en étudier la confection, afin
d'en construire un tout semblable, et le lancer
près du hameau qu'ils habitaient. Mais il fallait
pour cela posséder d'abord une main de papier
bleu fort épais, préparer ensuite plusieurs baguettes de bois sec et flexible, les assujétir à
l'aide de fortes ficelles, pour bâtir la carcasse
du cerf-volant ; puis enfin il fallait se procurer
cent brasses au moins de petite corde câblée
pour lancer et diriger le cerf-volant lui-même
dans l'espace. « Oh ! quant à c' dernier article, j'
m'en charge, dit Michel, mon oncle a, parmi ses
ustensiles de jardinier, deux longs cordeaux qui,
attachés l'un au bout de l'autre, feront joliment
not' affaire.

— Quant aux baguettes susceptibles de prendre toutes les formes qu'il faudra leur donner, ajoute Maurice, mon père, habile bûcheron, saura bien me les procurer.

— Il ne nous manque plus que l' papier bleu, dit à son tour Alexis; j' vous propos'rais bien d' nous cotiser, ajouta-il en soupirant; mais ma mère est si pauvre depuis qu'elle a perdu mon père, que j' n'aurais jamais le courage de lui d'mander la moindre chose.

— I' m' vient une idée! s'écria Georges; oh! la bonne idée! Mon père travaille, comme terrassier, au grand jardin d' la sucrerie, qu'est au bas du château; on n' manque pas là d' papier bleu, et du solide, j' dis, puisqu' ça s' vend au poids avec le sucre... Un des chefs d'atelier est mon parrain, j'obtiendrai d' lui c' qui nous faut. »

Tout fut exécuté comme il avait été dit : en moins d'une semaine, le cerf-volant si ardemment désiré se trouva confectionné, semblable à son modèle. Le corps était en très-beau papier bleu; les deux ailes en papier vert; la longue queue en papier blanc, avec la houppe du bout en papier rouge. Mais ce qui distinguait celui-ci

du premier, c'était, sur le milieu, l'emblème
d'un soleil entouré de cette devise, en lettres de
papier doré : *Dieu nous protege!* C'était Alexis et
Michel qui s'étaient procuré ce pieux ornement
chez les frères de la Charité.

Le dimanche où l'on devait lancer le chef-d'œuvre avait été annoncé dans les hameaux des environs, dont les habitants s'étaient empressés de
se rendre à l'endroit où les quatre associés devaient faire briller leur adresse. Ce fut donc au
milieu de nombreux agriculteurs, et surtout en
présence de leurs enfants, que le cerf-volant,
objet de tant de soins et de peines, s'éleva ma-
jestueusement dans les airs, aux applaudisse-
ments de tous les spectateurs. Alexis et Maurice,
comme les plus forts et les plus agiles, tenaient
ferme chaque bout du bâton auquel était fixée la
corde : Georges et Michel marchaient devant
eux, pour détourner jusqu'au moindre obstacle
qui se serait trouvé sous leurs pas. Cette expé-
rience, ou plutôt ce triomphe, qui dura près de
trois heures, put mettre nos quatre amis à même
de juger de tout ce que peuvent les efforts réunis
d'une véritable amitié; ils reçurent à l'envi les félicitations de leurs parents et de leurs voisins.

Vous vous doutez bien, mes chers enfants,
qu'on renouvela, le dimanche suivant, le lancer
du cerf-volant ; car il s'était abattu mollement sur
un champ de luzerne en fleur, où il n'avait pas
éprouvé la moindre avarie, la plus petite déchi-
rure : aussi Michel et Alexis ne cessaient-ils de
répéter, en s'inclinant devant le soleil couchant,
la devise qu'ils avaient placée sur leur chef-d'œuvre : *Dieu vous protége!* Eh bien ! cette seconde
ascension fut encore plus heureuse que la première. Vous allez en juger vous-mêmes.

Ce ne fut qu'à la chute du jour que nos jeunes
associés lancèrent cette fois leur cerf-volant, le
vent ne s'étant élevé suffisamment qu'à cette
heure. Ils n'avaient prévenu personne de cette
ascension, qui les conduisit à l'entrée des grandes
allées de la forêt aboutissant à la route de Poissy.
En la parcourant, ils aperçurent au pied d'un arbre, étendu sur la terre et sans mouvement, un
vieillard d'une figure vénérable : il était vêtu
d'une blouse de grosse toile grise et d'un pantalon de coutil un peu usé : des souliers ferrés com-
posaient sa chaussure ; près de lui se trouvaient
un bâton noueux et une vieille casquette de
cuir. « Est-ce qu'il s'rait mort? s'écrie Alexis.

— Je l' crains, dit Maurice : il a du sang sur ses lèvres. — Non, non, dit Michel lui glissant la main sous sa blouse, son cœur bat : il vit encore. — En ç' cas, ajoute Maurice, faut l' sauver. — Eh ! comment ça ? — En l' portant à nous quatre chez l' bon docteur Renaudin, qui d'meure près d' la barrière. — Mais nous en sommes à près d'une demi-lieue : aurons-nous bien la force d' porter c' pauvre homme ? — Bah ! bah ! une bonne action donne tant d' courage ! — Maurice a raison, dit Alexis : abattons, abattons not' cerf-volant ! » Ils roulent en toute hâte la ficelle sur le bâton ; et bientôt le nouvel Icare est précipité des cieux sur terre. « C'est fort bien, reprend Michel ; mais comment emporter ce vieillard ? — Sur un brancard que nous allons faire avec les bâtons d'un des fagots qu'j'aperçois là tout près d' nous, reprend Maurice, et qu' justement j'entassais hier encore avec mon père. — Mais avec quoi les attacher ensemble ? dit à son tour Georges, partageant le généreux élan de ses camarades. — Avec les cordeaux d' mon oncle Thibaud, répond Michel : ça les brisera p't-être, et j' s'rai grondé ; mais quand la charité commande... Eh ! vite à l'ouvrage. »

En moins d'un quart d'heure, un brancard fut
formé et recouvert de leurs quatre blouses : ils
soulevèrent avec adresse et précaution le corps
du pauvre évanoui, qui exhala en ce moment
même un long soupir, indice certain qu'il existait
encore ; ils mirent près de lui sa vieille casquette,
son bâton noueux, et le couvrirent en partie de
leur cerf-volant, en répétant de nouveau la pieuse
devise, qui se trouvait en ce moment placée sur
sa poitrine : *Dieu nous protége!*

Ils avaient à peine marché dix minutes, que,
cédant à la pesanteur du fardeau dont ils étaient
chargés, ils se virent contraints de le déposer à
terre et de reprendre haleine. « Je crains bien,
dit Georges, le plus jeune des quatre, de ne pouvoir gagner la barrière de Poissy. — Eh bien !
prends mon coin, lui dit Alexis, il est plus léger
que l' tien : le corps du vieillard porte moins d'
ce côté. D'ailleurs, on peut l' pousser sur Maurice
et sur moi : nous sommes plus robustes que
vous. » En achevant ces paroles, il saisit un bras
de l'inconnu, et le prend doucement au collet, en
ajoutant : « C'est singulier : regardez donc, mes
amis, sa chemise est d'une toile fine ; et puis, je
sens sous son pantalon une bourse assez bien

garnie. — Il faut la mettre en lieu de sûreté, dit
Alexis, de peur qu'elle ne glisse et se perde en
route. Il s'en saisit aussitôt, mais sans l'ouvrir.
« Et nous qui croyions qu' c'était un pauvre
homme! dit Michel. — I' paraît qu' c'est un ri-
chard, ajoute Maurice. — Riche ou pauvre, que
nous importe? réplique vivement Georges; il
a besoin d'être s'couru, c'est tout ce qu'il nous
faut. »

Ils se chargent de nouveau du fardeau qui leur
est devenu si précieux; et, après trois quarts
d'heure d'une marche pénible, ils arrivent hale-
tants et couverts de sueur à la porte du vénérable M. Renaudin, à qui ils racontent leur étrange
aventure. Celui-ci, touché jusqu'aux larmes du
dévouement des jeunes villageois, ne songe qu'à
secourir le vieillard, qu'il juge atteint d'un coup
de sang; et, tandis qu'il va mettre en œuvre les
moyens de le rappeler à la vie, il envoie ses libérateurs se rafraîchir et reprendre des forces dont
ils ont si grand besoin, en leur disant que Dieu
les récompenserait de la bonne action qu'ils venaient de faire.

Bientôt l'inconnu reprit ses sens, et son premier regard s'arrêta sur le vieux docteur, qui,

lui rendant par degrés toute sa connaissance, l'instruisit de ce qu'avaient fait pour lui les quatre amis. « Oh! je veux les voir; faites-les-moi venir, » s'écria le vieillard. Le médecin les introduit aussitôt près de lui, en leur recommandant de ménager ses forces à peine renaissantes. L'inconnu les presse sur son cœur, en disant : « Vous croyiez, chers enfants, ne secourir qu'un pauvre agonisant. Apprenez donc, mes petits amis, que je suis le comte de Stainville, oncle du gouverneur de Saint-Germain, chez lequel je viens ordinairement passer quelques jours de la belle saison. Mon plus grand plaisir est d'aller, le soir, sous d'humbles vêtements et en qualité de fidèle serviteur d'un opulent, distribuer les secours aux indigents des hameaux. — C'est pour ça, lui répondit Alexis, qu'nous avons trouvé sur vous c'te bourse, dont nous ignorons l' cont'nu, et qu' nous vous restituons, ni plus ni moins qu' vous la possédiez. — Je la reçois avec plaisir, dit le comte, comme un gage de toutes les vertus qui vous caractérisent; cette bourse ne me quittera jamais... Toutefois vous me permettrez de disposer de ce qu'elle contient en faveur de ceux qui m'ont sauvé la vie. Il remet donc à chacun

trois pièces d'or et dix francs environ de pièces
de monnaie, en ajoutant : « Quand vous lancerez
de nouveau votre cerf-volant, puisse-t-il vous
conduire aussi bien que la première fois ! »

Les jeunes villageois s'empressèrent d'aller
porter à leurs pauvres familles les deux cent
quatre-vingts francs qu'ils avaient reçus, en ra-
contant l'heureuse rencontre qu'ils avaient faite,
et surtout l'ignorance où ils étaient que le vieillard était un homme riche et de qualité : ce qui
leur attira les caresses de leurs parents et les félicitations de leurs voisins. Ils se disposaient à
faire une troisième ascension, le dimanche suivant ; mais la veille, ils reçurent une lettre con-
çue en ces termes : « J'invite mes libérateurs à
venir lancer leur cerf-volant dans le parc du gouverneur de Saint-Germain, et surtout à faire
ensemble un dîner de famille. *Signé*, le comte de
STAINVILLE. »

L'invitation fut acceptée avec reconnaissance.
Le cerf-volant s'élança dans les airs bien plus
haut que de coutume ; car on avait prélevé, sur
les deux cent quatre-vingts francs que contenait
la bourse, de quoi joindre cent brasses de ficelle
de plus aux deux cordeaux de l'oncle Thibaud.

Aussi l'ascension fut-elle une des plus belles qu'on eût jamais vues. Le vieux comte était d'une joie extrême, que partageait le bon docteur Remaudin, sur les bras duquel il était appuyé. Plusieurs dames élégantes, nièces de M. de Stainville, faisaient les honneurs de la fête et témoignaient aux libérateurs de leur vénérable oncle combien elles étaient reconnaissantes de leur généreux dévouement. Nos quatre amis étaient à la fois surpris et touchés de toutes les marques d'estime qu'ils recevaient; mais leur étonnement fut au comble, lorsqu'en se plaçant à la table, de chaque côté du comte, chacun d'eux trouva sous son couvert, et à son nom, une inscription de cinq cents francs de rente perpétuelle sur le Trésor : ce qui répandit l'aisance dans quatre pauvres familles qui ne cessèrent de bénir le trait de charité de leurs enfants, et de leur répéter, en les embrassant mille fois, ce que je vous ai dit, mes chers lecteurs, en commençant ce récit : « Rien n'embellit une partie de plaisir comme une bonne action. »

LE PETIT COIN

Mon but, en vous faisant ce récit historique, est de vous prouver, mes jeunes amis, que dans la classe même la plus obscure où le destin nous fait naître, il faut se dire : « Dieu m'a donné, comme à tout autre, un cœur pour sentir, une force pour m'élever. » Ne vous laissez donc jamais décourager par la position la plus pénible, par les travaux les plus durs.

Je fus lié pendant longtemps d'une intime amitié avec un des grands propriétaires de la capitale; cachant l'opulence sous les dehors les plus simples; aimant, honorant la classe ouvrière, et s'occupant sans relâche de constructions utiles au commerce et profitables à l'État. Parmi ces constructions était un des passages les plus renommés, donnant sur le boulevard, et réunissant tout ce qui concerne l'industrie et les arts. Il avait consacré des capitaux considérables à ce grand établissement, et s'était acquis la vénération de ce qu'on appelle vulgairement le petit commerce, c'est-à-dire de ces bons et laborieux artisans qui créent, étendent leur fortune, et composent cette classe du peuple dont la devise est : « Travail et probité ! » Plusieurs d'entre eux devaient leur sort, qui s'agrandissait chaque jour, aux encouragements et aux généreux secours de mon vénérable ami, M. T***. Aussi ne traversait-il jamais son riche et brillant passage sans recevoir le salut de ses locataires, le regard respectueux et reconnaissant de celui-ci, le sourire heureux de celui-là. On eût dit une famille nombreuse et bien unie, offrant à son chef les hommages qui lui étaient dus.

Un jour du mois de juillet, je rencontrai ce grand industriel parcourant son cher passage et donnant çà et là son coup d'œil d'inspection sur diverses boutiques qui lui devaient leur prospérité, et je lui disais que cette inspection valait bien celle d'un général d'armée. Alors cet excellent homme s'épanchait avec moi, et m'avouait naïvement qu'il ne connaissait aucune position sociale qu'il eût échangée contre la sienne. En sortant du passage, tout en causant ensemble, nous apercevons, près de l'entrée, un adolescent

de quatorze à quinze ans, au regard vif et d'une
figure expressive. Il était appuyé sur le brancard
d'une petite charrette à bras, couverte de mor-
ceaux de pain d'épices; et, tout en essuyant avec
un petit mouchoir troué la sueur qui coulait sur
son visage, il arrêtait sur nous un regard plein
d'expression. « Vous êtes fatigué? lui dit M. T***
avec ce vif intérêt qu'il portait au plus petit commerce. — J'en fais l'aveu, mon bon monsieur, je
tombe de fatigue; c'est dur à rouler tout le jour
devant soi une masse de pain d'épices. Avec ça
que ma mère, qui le fabrique, n'y épargne pas le
miel et la farine. — Et pour quelle somme en
débitez-vous par jour? lui dis-je à mon tour. —
Mais pour quatre francs, l'un dans l'autre; ce qui
nous fait environ cinquante sous net de profit; et
ce n'est pas trop pour ma bonne mère et pour
moi. Quand il faut prélever là-dessus un loyer de
deux cents francs, notre nourriture, et, pour moi
seul, une paire de souliers par mois, quelque bien
ferrés qu'ils soient... Ah! si je pouvais cesser de
rouler la charrette, et m'établir dans un *petit coin*
que je reluque depuis quelque temps, je ne sais
qui me dit que j'y ferais joliment mes affaires.
— Et quel est ce *petit coin?* demande avec intérêt

M. T***. — Là, tout près de vous, Monsieur, ce *petit coin* où l'on dépose les balais du passage. — Mais il n'a que trois pieds de largeur au plus sur quatre environ de profondeur. — Cela suffirait pour mon étalage, que je saurais bien augmenter chaque jour. — Eh bien! prenez le *petit coin!* lui dit ingénument mon digne ami; on mettra les balais dans un autre endroit. — Oh! mon bon monsieur, nous ne pourrions pas en payer le loyer; et nous avons pour principe, ma mère et moi, de ne jamais rien prendre qui soit au-dessus de nos moyens : la probité avant tout. — Eh bien! vous ne payerez rien. — Je ne vous comprends pas. — Le *petit coin* m'appartient; je suis le propriétaire du passage. — Quoi! c'est au respectable M. T*** que j'aurais l'honneur de parler! s'écrie l'adolescent en se découvrant avec respect.

— C'est moi-même, et j'entends que, dès demain, vous soyez établi dans le *petit coin,* où mon menuisier préparera tout ce qui vous est nécessaire, et surtout une fermeture pour la nuit... Comment vous nommez-vous? — Félix, pour vous servir, si j'en étais capable. — Félix! c'est un nom qui promet. Eh bien! Félix! voilà qui est arrêté entre nous : vous faites du *petit coin* un magasin

3

de pain d'épices, et vous aurez des pratiques ;
car ici près est une institution succursale de
l'école des arts et métiers, et, deux fois par jour,
vous serez visité par de nombreux amateurs de
votre marchandise. — Tout cela, sans doute,
Monsieur, est très-encourageant ; mais quel sera
le prix du loyer? — Rien pendant les six premiers mois : il faut bien vous donner le temps de
vous achalander, et, au bout de ce temps, vous
ne payerez que ce que vous pourrez. Je lis sur
votre figure qu'on peut s'en rapporter à vous. »
A ces mots, Félix saisit une main de mon digne
ami, la baise avec une respectueuse émotion, et
lui répond d'une voix altérée par le saisissement
de joie qu'il éprouve : « J'accepte, Monsieur, et
j'ose espérer que je me montrerai digne de vos
bontés. Il roule aussitôt sa petite charrette en
attachant sur nous le regard le plus reconnaissant, et en ajoutant : « Je cours porter cette
bonne nouvelle à ma mère. » J'accompagnai
M. T*** jusqu'à son hôtel, et lui dis en le quittant :
« Je ne sais quelle voix secrète me dit que vous
venez de créer un commerçant de plus. — Ce
serait ma plus belle récompense, » me répondit-il
en me serrant la main, et nous nous séparâmes.

On conçoit que, dès le lendemain, je fus empressé de m'assurer par moi-même si le *petit coin* était occupé comme il en avait été convenu. Je trouvai le jeune Félix garnissant les diverses tablettes qu'on avait fait poser, et mêlant à l'étalage du devant de la galette et des gâteaux de Nanterre, afin d'attirer les chalands. Sa mère, en simple costume de bonne Flamande, le secondait en-dehors du *petit coin*, qui n'aurait pu les contenir tous les deux; la renaissance du bonheur était empreinte sur sa figure, et le nom du respectable M. T*** sortait à chaque instant de sa bouche souriante. « L'excellent homme! s'écriait-elle : il est venu nous voir ce matin, inspecter lui-même les travaux qu'on a faits dans notre cher *petit coin;* et, tout en nous encourageant, il m'a glissé dans la main un double napoléon pour nos petits frais d'installation... Oh! nous réussirons, et ce sera son ouvrage. »

Les pressentiments de cette bonne et digne femme ne tardèrent pas à s'accomplir. Chaque jour amenait de nouveaux chalands au *petit coin*, dont c'était là modeste enseigne, et le débit de pain d'épices augmentait à tel point, que Félix et sa mère furent obligés d'accroître le lieu de la

manipulation et de prendre un ouvrier pour les y
aider. Ce petit établissement devint si renommé,
qu'au bout de six mois de location gratuite ac-
cordée par M. T***, la mère Félix se rendit un matin dans le cabinet particulier de leur généreux
protecteur, et lui dit avec cette timidité qui donnait encore plus de prix à ses paroles : « Excu-
sez-moi, cher Monsieur, si j'ose vous importuner;
mais quand l'honneur commande, il faut obéir.
— Que me voulez-vous, bonne mère ? — Nous
acquitter... Quand j' dis nous acquitter, avec vous
c'est impossible... Vous saurez donc que, depuis
six mois que nous habitons le *petit coin*, mon fils
et moi, nous avons gagné près de trois cents francs
de produit net dans notre petit commerce; et
comme nous n'entendons pas occuper maintenant
gratis notre local, je viens vous proposer d'ac-
cepter quatre cents francs de loyer par an, et je
vous en apporte le premier terme d'avance, auquel j'ai osé joindre le double napoléon en or que
vous m'avez prêté si généreusement. — Mais ce
n'est point un prêt, mère Félix; c'est un encou-
ragement dont je suis payé par la réussite de
votre entreprise. J'accepte les cent francs que
vous m'offrez pour le terme qui commence, et

vais vous inscrire parmi mes locataires, dont la prospérité fait ma joie et mon bonheur... Voici votre quittance. »

Le premier jour de chaque trimestre, Félix ou sa mère ne manquait jamais d'acquitter leur loyer en révélant à leur généreux propriétaire leurs nouveaux succès. Mais bientôt ils se lassèrent d'abandonner tous les soirs leur *petit coin*, pour regagner les deux mansardes qu'ils occupaient au faubourg Montmartre, et qui leur coûtaient deux cents francs par an, ce qui, joint au loyer du passage, faisait six cents francs. « Quelle différence, disait Félix, si nous pouvions avoir une boutique avec entre-sol, et un petit laboratoire au fond, pour la fabrication de nos marchandises ! — Oh ! si j'avais un petit four à ma discrétion, ajoutait la mère Félix, mes galettes auraient encore meilleure tournure et nous attireraient plus de chalands... Mais pour ça, mon garçon, faudrait se résoudre à payer mille à douze cents francs chaque année, et c'est au-dessus de nos forces. — Eh bien ! ma mère, attendons que nous ayons amassé cette somme sur nos petits profits, et nous essayerons, pendant une année, à nous lancer dans le *petit four*. Je vais,

pendant ce temps-là, me perfectionner dans mon
état, en allant tous les soirs chez le cousin Bertrand, si renommé dans la petite pâtisserie, et
je ne tarderai pas à connaître tous les secrets du
métier. »

Félix exécuta son projet avec tant de zèle et
d'intelligence, qu'au bout de quelques mois il
devint un des plus habiles ouvriers du pâtissier
Bertrand, qui fit tous ses efforts pour le retenir à
son service. Mais le locataire du *petit coin* avait
son projet trop bien combiné dans sa tête pour y
renoncer. Il avait surtout à cœur d'éviter à sa
bonne mère la pénible corvée de regagner chaque
soir le faubourg Montmartre, par la pluie ou la
froidure; de remonter cinq étages pour confec-
tionner son pain d'épices et ses galettes. Lui-
même enfin était ambitieux d'étendre son petit
commerce, de se faire un renom favorable dans
le passage, et de se préparer un établissement.

Le hasard, qui souvent se plaît à seconder les
nobles sentiments du cœur, offrit à Félix l'occasion de se livrer à ses spéculations de commerce.
Un marchand de porcelaine, qui occupait une
belle boutique du passage, vint à mourir, laissant
une veuve et trois enfants. Cette boutique était

surmontée de deux pièces à l'entre-sol et d'une grande au premier. Au fond était un magasin donnant sur une petite cour, et dans lequel on pouvait aisément faire établir un four. La mère Félix occuperait la grande chambre du premier, et son fils les deux pièces au-dessous, dans l'une desquelles il ferait toutes ses préparations de pâtisserie. Il fut donc arrêté qu'avant l'écriteau mis à la boutique on irait chez le bon, chez le digne M. T***, afin de convenir avec lui du prix de la location. « Elle est de quinze cents francs, leur dit-il; mais, pour vous, je la réduis à douze cents. — Eh bien! nous vous apportons l'année d'avance, répond la mère Félix en tirant d'un petit sac de cuir soixante napoléons en or, qu'elle étale sur le secrétaire de M. T***. Celui-ci leur en donna quittance et leur dit, en serrant la main de Félix: « Courage, bon jeune homme! vous compterez un jour parmi les commerçants les plus accrédités de mon passage. »

Le ciel accomplit cette prédiction. La mère et son fils ne tardèrent pas à donner à leur débit une vogue dont eux-mêmes furent étonnés. Ils eurent pour chalands les plus riches habitants du quartier. On citait partout le *petit four de Félix*.

Ce nom, prononcé dans les réunions les plus
nombreuses, devint à la mode, et bientôt l'obscur
locataire du *petit coin* devint un riche industriel.
Aussi la mauvaise casquette de cuir avait été
remplacée par une autre de castor gris; la souquenille de grosse toile brune avait fait place à
un élégant gilet de basin blanc, découvrant une
chemise de percale bien plissée, attachée par-
devant avec une agrafe en or. La bonne mère
Félix avait elle-même substitué, non sans quelque regret peut-être, le bonnet de gaze garni de
rubans au mouchoir de cotonnade rouge qui couvrait sa tête, et à son corset d'étamine, à sa jupe
de droguet bleu, une robe d'indienne à bouquets
avec une ceinture de ruban ponceau.

Trois ans s'écoulèrent sans que la vogue et la
prospérité de Félix cessassent un seul instant. Il
joignit bientôt à la grande boutique qu'il occupait une seconde, plus vaste encore, et deux ma-
gasins où se fabriquaient sous ses yeux les marchandises qu'il débitait. Elles furent répandues
dans les hôtels les plus somptueux de la capitale, et préférées à toutes celles en ce genre qu'on
essayait de leur comparer. Les gains de Félix
devinrent considérables, et le mirent à même

d'acheter plusieurs immeubles dont le capital
s'élevait au-delà de trois cent mille francs. En un
mot, M. Félix devint électeur, éligible, et il se
maria. Il fut aussi heureux en ménage qu'il l'é-
tait dans son commerce; et, lorsqu'il promenait
ses jolis enfants dans le passage, il s'arrêtait
avec eux devant le *petit coin*, qu'occupait alors
un modeste marchand de briquets phosphori-
ques, et, se découvrant ainsi qu'eux, il leur disait : « C'est là, mes enfants, que j'ai commencé
mon état et ma fortune; saluez avec moi le *petit
coin*, et n'oubliez jamais qu'on peut arriver au
rang d'honorable citoyen, au double titre d'heureux époux et d'heureux père, avec du courage,
de la probité, du travail et de la confiance en
Dieu. »

Toutes les fois que je rencontrais le bon M. Félix aux assemblées électorales, il venait toujours
me saluer avec déférence, et ne recevait jamais
mon serrement de main sans me dire avec la plus
touchante émotion : « Le *petit coin* vous remercie. » Si je passais devant ses deux boutiques, il
me fallait céder à ses instances, saluer sa femme,
embrasser ses jolis enfants, entrer dans son salon
richement meublé, parcourir ses vastes maga-

sins, recevoir les confidences de l'étendue, de la prospérité de son commerce, et l'entendre me dire avec cette expression qui part du cœur : « Voilà pourtant ce que m'a produit le *petit coin!* »

Enfin l'honorable M. T** termina son utile et mémorable carrière. Plus de cinq cents ouvriers, à la tête desquels étaient ses divers chefs d'ateliers de construction, dételèrent les chevaux du corbillard et le traînèrent à bras jusqu'au cimetière de l'Est. J'avais réclamé l'honneur de parler sur la tombe de mon vénérable ami, dont le cercueil était alors porté sur les épaules de Félix, les yeux noyés de larmes, et sur celles de plusieurs artisans dont il avait encouragé les travaux. Au moment où Félix posa à mes pieds les restes de son bienfaiteur, je saisis sa main, et lui dis : « Il vous avait procuré votre premier *petit coin*, et vous l'escortez au dernier qui nous attend tous... Vous le voyez, Dieu nous a mis sur la terre pour nous entr'aider jusqu'au tombeau. »

LES SOUPES POPULAIRES

Il est, chez le peuple des halles et des marchés de Paris, un grand nombre d'établissements dont est fière la charité. Parmi ceux qui frappent l'imagination des observateurs, on remarque et l'on ne peut s'empêcher d'admirer le débit qui se fait au marché des Innocents, près de la fontaine, de soupes composées de rognures de viande que les bouchers vendent à bas prix, et de toute espèce de légumes que recèdent, pour une très-modique somme, les marchandes après les heures de la vente. Aussi les entrepreneurs de cette nourriture vous présentent-ils, pour la somme de *trois sous*, une écuelle de faïence remplie d'un potage au pain dont l'odeur et le goût ne le cèdent en rien à ceux des consommés les plus succulents.

Tous les jours, de neuf heures à midi, on voit se grossir, sur la place des Innocents, la foule des chalands de tout sexe et de tout âge, qui viennent, moyennant quinze centimes, se récon-

forter, les uns jusqu'au repas du soir qu'ils pourront se procurer; les autres, hélas! pour vingt-
quatre heures, n'ayant pas de quoi s'alimenter
le reste de la journée. On les reconnaît aisément
le lendemain matin à leur teint pâle, à leurs joues
creuses, et surtout à l'avidité dévorante avec laquelle ils approchent de leurs lèvres desséchées
l'aliment économique qui va leur rendre et la
force et la vie.

Tantôt on voit arriver à cet établissement, si
cher au peuple indigent, un vieillard appuyé sur
le bras d'un pauvre enfant qui tient l'écuelle où
l'octogénaire puise, d'une main tremblante, la
seule nourriture qu'il puisse se procurer; tantôt
c'est une mère nourrice, portant dans ses bras
son nouveau-né, que lui donnera le pouvoir d'allaiter la soupe populaire dont elle va se rassasier;
tantôt, enfin, ce sont de simples ouvriers, pères
de famille, qui, pour économiser un repas à la
cantine, dont le moindre prix serait d'un demi-
franc, viennent, pour trois sous, se restaurer
jusqu'au soir, où ils retrouveront chez eux le petit souper de ménage, et sept sous d'économie.

Un hasard, dont je rendis grâces à la Providence, me conduisit un matin à cet établissement

philanthropique, dont j'admirai l'ordre et l'économie. Sous deux grands parapluies de toile cirée
sont établies, sur des fourneaux, plusieurs chau-
dières en cuivre, pouvant contenir chacune cinquante rations; et tout auprès s'élève un dressoir
à plusieurs étages, portant environ deux douzai-
nes d'écuelles en faïence d'égale dimension; et
derrière ce dressoir, tout près de la fontaine, se
trouve un large baquet rempli d'eau limpide,
dans laquelle on lave avec soin chaque vase qui
vient de servir, ainsi que la cuiller d'étain, et
qu'on essuie avec un linge blanc. Cinq entrepreneurs font le service de ce restaurant populaire;
deux en dirigent la cuisson, un troisième remplit
les vases, le quatrième les distribue aux nombreux chalands, et le cinquième les lave aussitôt
qu'ils sont vides. Rien ne présente à la fois, aux
yeux de l'amateur, plus d'harmonie, d'adresse et
de propreté.

Je ne pus résister au désir de goûter moi-même
à ce potage, et, me glissant parmi les nombreux
chalands, je payai mes trois sous et reçus ma
portion. Je ne me disposais qu'à y porter les lèvres pour en connaître la qualité; mais ce potage,
quoique fait en plein air, et composé d'une grande

quantité de matières économiques, me sembla si
suave à l'odorat, si délicieux au goût, que je le
dévorai tout entier, et parus sans doute, aux
nombreux convives qui m'entouraient, comme un
indigent honteux qui se réconfortait pour vingt-
quatre heures.

« Mais comment faites-vous, dis-je à l'un des
entrepreneurs, en lui remettant mon écuelle et
ma cuiller, pour donner à si bas prix votre soupe
populaire? — Nous sommes secondés bien souvent dans cette entreprise, me répondit cet excellent homme, par les chefs de cuisine des grandes
maisons de la capitale; ils nous gratifient d'une
portion des restes d'un service somptueux; ce
qui donne à nos potages ce parfum qui flatte le
consommateur; et puis, je ne risque rien de vous
le confier, Monsieur, à vous qui paraissez vous
intéresser à notre entreprise, nous recevons parfois de la main de personnes respectables des
bons sur des bouchers, des charcutiers, des bou-
langers, ce qui nous devient bien souvent très-
profitable. Aussi gagnons-nous à peu près le tiers
sur le prix de chaque portion; et comme nous
en débitons trois cents par jour, l'un dans l'autre,
cela nous produit quinze francs de profit, qui,

partagés en cinq, nous fait trois francs pour chacun, et nous nous en contentons. Quelquefois cependant le renouvellement des écuelles qui se
cassent, et l'augmentation des denrées, nous ré-
duisent à trois centimes de gain; mais nous nous
y soumettons sans peine, notre principal but
étant de secourir les indigents, qui, sans nous,
expireraient de faim dans leurs greniers. — Merci
de tous ces détails, brave et digne homme! lui
dis-je en lui serrant la main, je reviendrai me régaler de vos soupes populaires. »

Plusieurs mois s'écoulèrent; et, bien que la
fontaine des Innocents ne sortît pas de ma mémoire, des occupations importantes m'empêchè-
rent d'y retourner. Un hasard favorable m'en pro-
cura l'occasion. J'étais assis au boulevard de
Gand, par un beau jour du mois de mai, tout auprès d'une dame dont le langage et les manières
annonçaient une personne distinguée; elle était
accompagnée de deux jeunes personnes de dix
à douze ans, qui paraissaient d'une gaieté trop
franche. Toutes les personnes passant devant
nous, surtout les femmes d'une élégante tournure,
étaient critiquées et censurées avec une verve
qui provoquait le rire, tout en blessant la raison.

L'heureuse mère des deux jeunes folles ne pouvait elle-même s'empêcher de partager leur
hilarité, et me parut habituée à les laisser exha-
ler ainsi tout ce qui leur venait à l'imagination.

Nous fûmes abordés par plusieurs mendiants
qui nous demandaient l'aumône avec ce ton re-
poussant de l'habitude et cette importunité fati-
gante des paresseux désœuvrés ; aussi mes deux
jeunes voisines les renvoyaient-elles avec une
dureté qui, bien que méritée, blessait l'oreille et
attristait le cœur. Une jeune indigente, tenant
un enfant qu'elle allaitait, et traînant une petite
fille accrochée à sa jupe, nous tendit la main
d'un ton si pénétrant, que je m'empressai d'y
déposer une pièce de monnaie. « Monsieur est
bien bon, me dit la sœur aînée, d'écouter les do-
léances de tous ces gens du peuple qui emprun-
tent le masque de la misère pour obtenir de la
pitié trop crédule ce qu'ils pourraient gagner par
un honnête travail. — Je conviens avec vous,
Mademoiselle, lui répondis-je, que la main qui
trouve du bonheur à secourir l'infortune place
quelquefois mal ses bienfaits ; mais il vaut encore
mieux donner à l'intrigue et à la paresse que de
refuser au malheur véritable. — Pour moi, dit à

son tour la sœur cadette, je ne donne jamais aux mendiants des promenades publiques, même à ceux qui vous disent qu'ils n'ont rien mangé de la journée. Avec tous les bureaux de charité qui sont établis dans Paris, on ne peut craindre que le moindre indigent soit exposé à souffrir de la faim. »

Cette opinion, malheureusement erronée, et pénible à entendre de la bouche d'une jeune personne, reporta ma pensée aux *soupes populaires;* et, me rappelant les jeunes affamés qui s'étaient présentés à mes regards, je soutins, d'un accent assez prononcé, que souvent l'honnête et honteuse indigence se résignait à supporter la faim dans un grenier plutôt que d'aller tendre la main à des cœurs froids qui les repoussaient, et j'ajoutai, avec tout l'élan de la conviction, qu'il existait dans Paris un établissement où la véritable indigence venait apaiser les horreurs de la faim, et offrir à ceux qui nagent dans l'abondance le tableau fidèle des êtres souffrants. Je fis aussitôt le récit de ce que j'avais vu et entendu à la fontaine des Innocents, et j'eus le bonheur d'intéresser la mère et ses deux filles, à ce point qu'elles me prièrent de les y conduire. Nous prîmes

donc jour : j'offris à ces dames d'aller les chercher chez elles le matin, avant neuf heures, dans
une voiture de place ; et il fut convenu que nous
serions tous les quatre à jeun, pour nous régaler
chacun d'une portion de soupe populaire, dont je
vantai le parfum délicieux et surtout la propreté.
Je prévins aussi ces dames d'être, ce jour-là,
très-simplement vêtues, afin de pouvoir nous
mêler plus facilement parmi le peuple, et d'obser-
ver plus à notre aise tout ce qui se passerait autour de nous. J'appris en ce moment de la mère
des deux jeunes personnes, qu'elle se nommait
madame Allardin, femme d'un négociant de
laine-mérinos, rue du Sentier, n° 10 ; et, sur l'énon-
ciation que je lui fis à mon tour de mon nom, de
ma demeure, ces trois dames me regardèrent
avec un nouvel intérêt, et ne furent plus surpri-
ses qu'un écrivain prît avec chaleur la défense
de l'humanité souffrante.

Je me rendis au jour convenu et à l'heure indi-
quée chez M. Allardin, qu'on me dit être un des
négociants les mieux famés dans sa partie, et
chez qui je remarquais sans peine tout ce qui
annonçait l'opulence et la haute renommée. Il
m'accueillit avec une gracieuse urbanité, me re-

mercia de procurer à ses filles l'occasion de connaître le peuple, d'avoir une juste idée de ses souffrances, et de contribuer à les adoucir.

Nous nous transportâmes, ces trois dames et moi, vers huit heures et demie, au marché des Innocents, et nous n'y trouvâmes d'abord que peu de convives, l'heure du déjeuner des ouvriers n'étant pas encore venue. Nous pûmes, par ce moyen, déguster tout à notre aise ce potage populaire, qui nous parut tout-à-fait digne de sa célébrité. Madame Allardin avouait tout haut qu'elle n'avait jamais rien goûté de plus succulent. Isabelle, sa fille aînée, prétendait que c'était le meilleur déjeuner qu'elle eût fait de sa vie, et sa sœur cadette, nommée Théonie, témoignait le désir que leur chef de cuisine vînt apprendre la recette d'un mets aussi exquis. « Il n'y parviendrait jamais, répondit un des chefs de l'entreprise ; il faut pour cela réunir tout ce que nous procure la desserte des riches hôtels dont nous recevons chaque jour les secours bienfaisants. » Cette révélation parut frapper madame Allardin, ainsi que ses deux filles, qui témoignèrent tout bas à leur mère le désir de contribuer à la confection des soupes populaires. « J'y pen-

sais comme vous, mes enfants, » leur dit-elle en
leur serrant la main ; et je reçus, pour cela même,
la première récompense de mon œuvre de bienfaisance.

Mais neuf heures étaient sonnées, et déjà un
grand nombre d'ouvriers arrivaient de tous côtés
pour se réconforter, les uns jusqu'au dîner de
deux heures, les autres jusqu'au repas du soir,
et les plus pauvres jusqu'au lendemain matin,
économisant par là de quoi nourrir, pendant le
jour, leurs femmes et leurs enfants. Rien n'était
à la fois et plus curieux et plus déchirant que ces
figures pâles de besoin, qui venaient reprendre
par degrés la couleur de la vie. On croyait entendre les premières cuillerées de potage que
dévoraient ces malheureux tomber dans un gouf-
fre profond.

Là c'était un ancien militaire infirme, partageant la portion avec une jeune fille qui soutenait
ses pas chancelants ; ici, c'est un gros Limousin,
compagnon maçon, qui, après avoir avalé, presque
sans prendre haleine, une première portion de
soupe, allait boire un coup d'eau limpide au bas-
sin de la fontaine et revenait aussitôt remplir
son vaste estomac d'une seconde portion ; après

quoi il disait en souriant : « Me v'la r'crépi jusqu'à ce soir... » Ce qui frappa nos regards et nous
causa la plus vive émotion, ce fut une femme
d'environ trente ans, d'une figure expressive,
mais dont les vêtements annonçaient une profonde misère ; elle vint demander deux portions,
dont elle paya le prix, contenu dans une petite
bourse de cuir, et les offrit ensuite à ses deux
filles de huit à dix ans, avec cet empressement
et cette joie d'une tendre mère qui calme la faim
de ses enfants. Celles-ci, ne songeant d'abord
qu'à satisfaire leur voracité, dévorent les premières cuillerées du mets succulent qu'on leur présente ; puis, s'arrêtant tout-à-coup, l'aînée s'écrie :
« Et toi ! bonne mère, tu ne prends rien ? — Oh !
je n'ai pas si grand'faim que vous, chères petites,
et je puis attendre. — Cependant, lui répond la
cadette, tu n'as mangé, comme nous, hier au soir,
que deux pommes de terre. Tu dois avoir grand
besoin. — Mangez toujours, mes enfants : c'est
comme si je mangeais moi-même. — Partage
au moins avec nous, reprend l'aînée, » en portant une cuillerée de soupe aux lèvres de sa
mère, qui ne put se défendre de l'avaler avec
avidité. La cadette imita sa sœur, et la pauvre

femme se trouva un peu restaurée malgré elle, en
témoignant le regret de diminuer la nourriture
de ses deux filles... « Eh! pourquoi, lui dit madame Allardin, ne prenez-vous pas pour vous-
même une troisième portion? — Hélas! ma bonne
dame, c'est que je n'ai pas de quoi la payer! —
Oh! permettez-moi de vous l'offrir! — Je n'ai
pas la force de vous refuser, car j'ai bien faim. »
Elle prend aussitôt la portion qu'on lui présente;
et après en avoir dévoré une partie, elle porte à
son tour plusieurs cuillerées du potage à la bouche de chacune de ses filles, en leur disant :
« Que je vous rende au moins, chères petites, ce
dont vous vous étiez privées pour moi! »

Elle nous explique, à ces mots, la cause de la
cruelle détresse où elle se trouve. Elle nous apprend qu'elle est la veuve d'un ouvrier du port
Saint-Nicolas, disparu il y a trois ans sous les
eaux en cherchant à sauver un de ses camarades;
restée avec deux filles en bas âge, elle s'était oc-
cupée à carder de la laine avec ses enfants, dans
la mansarde qu'elle habitait : ce qui leur produi-
sait environ vingt sous par jour, en travaillant
quinze heures de suite. Puis elle ajoutait du ton
le plus touchant : « Nous payons régulièrement

notre loyer tous les samedis, ce qui nous coûte trente-deux sous par semaine, ou quatre-vingts francs par an : impossible de se loger à moins... Après avoir payé ce matin notre propriétaire, qui ne ferait pas crédit de vingt-quatre heures, je ne me suis trouvé que six sous, justement de quoi réconforter mes pauvres enfants ; et sans vous, mes bonnes dames, j'aurais supporté la faim jusqu'à ce soir, ce qui m'eût fait un peu chanceler au travail et m'eût empêchée de carder toute la laine qui m'est confiée.

— Ainsi donc, lui répondit madame Allardin, avec trois sous, j'ai empêché une mère de famille de supporter les angoisses du besoin, et de voir autour d'elle ses deux filles manquer de pain. — Oh! cela nous arrive souvent, dit en baissant les yeux l'aînée des deux jeunes sœurs, mais nous nous sauvons avec les pommes de terre. — Et puis, ajoute la cadette, quand on s'est restauré le matin d'une excellente soupe populaire, on gagne le soir sans trop de souffrances. — Mais, reprend madame Allardin, quand on n'a rien pris de la matinée?... — Alors, on est sans force, répond la bonne mère... — Et l'on tombe évanouie dans les bras de ses filles, qui n'ont à lui

offrir que leurs caresses pour la ranimer ! s'écria
l'aînée en sanglotant ; c'est ce qui nous est encore arrivé la semaine dernière. »

Ces paroles pénétrèrent jusqu'au fond du cœur
de madame Allardin, qui ne cessait de répéter :
« Et l'on pourrait douter encore qu'il existe d'honnêtes indigents ! Oh ! je n'oublierai jamais que,
pour trois sous, j'ai empêché une tendre mère de
tomber anéantie dans les bras de ses enfants...
— Et nous, dit tout bas à sa sœur mademoiselle
Allardin l'aînée ; et nous qui ne voulions pas
croire qu'il y eût des malheureux à Paris ! — Il
faut expier notre erreur, » lui répond à demi-voix
la cadette. Et, tirant de son sac une jolie petite
bourse à paillettes d'or, elle y prend une pièce de
cinq francs, qu'elle présente à la pauvre femme
en lui disant : « Tenez, bonne mère ! voilà de
quoi payer votre ration pendant un mois. —
Voilà pour le second mois, dit la jeune Isabelle
en lui présentant de même une pièce de cinq
francs. — J'en ajoute dix à l'offrande de mes filles ! s'écrie madame Allardin, ravie de leur amende
honorable. — Et moi pareille somme, dis-je à
mon tour, cela vous défrayera pendant cent jours,
vous et vos enfants, de chacune une soupe popu-

laire... Comment vous nommez-vous, excellente femme ? — La veuve Crosnier. — Votre demeure ? — Rue de la Cossonnerie, ici tout près, n° 15, au fond de l'allée, au cinquième, sur le derrière... Que Dieu vous donne à tous la récompense de ce que vous venez de faire pour nous ! J'étais résignée à supporter la faim toute la journée, mais votre généreuse offrande me rend à la fois l'espérance et la vie. » En achevant ces mots, elle saisit, ainsi que ses deux filles, les mains de mesdemoiselles Allardin, les couvre des baisers de la reconnaissance, puis toutes les trois s'éloignent pour retourner à leur travail, en attachant sur nous des regards attendris, jusqu'à ce qu'elles se fussent dérobées à notre vue.

Madame Allardin et ses filles me firent mille remercîments de leur avoir procuré l'occasion de remplir une bonne œuvre ; et je jouissais de l'aveu que faisaient les deux jeunes sœurs d'être détrompées sur la véritable indigence, et surtout de l'engagement solennel qu'elles prenaient de la secourir toutes les fois qu'elles en trouveraient l'occasion. Je les en félicitai ; mais, en même temps, je les prévins qu'il ne fallait pas être dupe, et que la crainte d'alimenter le vice imposait

une grande circonspection dans les dons qu'on répandait.

« C'est pour cela, ajoutai-je, que j'ai demandé
à cette infortunée sa demeure et son nom. Le vif
intérêt qu'elle nous inspire doublerait, si tout ce
qu'elle nous a dit était l'exacte vérité. Je vous
propose donc d'aller ensemble demain, sur les
trois heures, rue de la Cossonnerie, n° 15, afin
d'inspecter nous-mêmes cet humble asile de l'indigence, à laquelle nous pourrions peut-être offrir des secours plus importants. » Ma proposition fut acceptée avec empressement; et, dès le
lendemain, nous nous rendîmes au fond d'une
longue allée; après avoir monté les cent vingt
marches d'un escalier sombre et tortueux, nous
atteignîmes le palier de plusieurs mansardes,
dont l'une était l'habitation de la famille Crosnier.
Nous les trouvâmes occupées à carder de la laine,
et, à notre aspect, la mère et ses enfants vinrent
se jeter à nos pieds. Dans un coin de ce taudis
était une paillasse posée sur le carreau, et re-
couverte d'un vieux matelas rapiécé; c'était le
lit de la mère. Dans un autre coin on apercevait
un mauvais grabat où couchaient ses deux filles.
Tout, dans cet asile de malheur, annonçait la dé-

tresse et le besoin. Toutefois le monceau de laine déjà cardée prouvait clairement qu'on était au travail depuis le lever du soleil; aussi la veuve Crosnier nous dit-elle avec un air de triomphe que, grâce aux soupes populaires dont elles s'étaient régalées, et surtout à la longueur du jour, leur gain de quinze heures de travail s'était élevé à trente sous. « Eh bien! je viens vous proposer d'en gagner chacune vingt-cinq, leur dit madame Allardin avec une vive émotion : mon mari possède, dans un des faubourgs de Paris, une manufacture de laines-mérinos, où il emploie un grand nombre d'ouvriers; dès demain je vous fais admettre parmi eux. Vous aurez dans l'établissement une chambre et un cabinet pour vos enfants; et gagnant ensemble trois francs soixante-quinze centimes par jour, vous pourrez satisfaire aisément aux premiers besoins de la vie : mes filles et moi nous nous chargerons du reste. »

Il serait difficile de peindre la joie, le saisissement de la pauvre veuve et de ses deux filles. « Trois francs soixante-quinze centimes par jour et logées! répétait l'heureuse mère; mes chères petites, vous ne manquerez plus de rien! — Et toi, lui répondaient celles-ci, en la pressant dans leurs bras, tu n'endureras donc plus les tourments de la faim! tu ne te priveras plus de manger avec nous la soupe populaire! — Oh! leur dit madame Allardin, les mains couvertes de leurs baisers et de leurs larmes, c'est à ce précieux aliment du peuple que je dois la vive jouissance qui ne s'effacera jamais de mon souvenir. — Et nous, s'écrièrent Isabelle et Théonie, cette conviction intime qu'il existe des êtres souffrants dignes de notre commisération, de tout notre intérêt. — Avouez, leur dis-je à mon tour, qu'en offrant aux indigents tous les secours qui sont en notre pouvoir, nous ne faisons que remplir un devoir sacré, qu'obéir à Dieu, qui ne nous a réunis sur la terre que pour nous entr'aider et partager la manne dont il couvre les vastes champs du riche, à condition qu'il en rejaillira quelques parcelles dans la cabane du pauvre. »

Jeunes filles de tous les rangs de l'ordre social, vous surtout que l'opulence berce au sein des délices de la vie, puissiez-vous, en lisant ce récit fait d'après nature, éprouver le désir d'aller à votre tour apaiser la faim d'une pauvre mère de famille!... n'oubliez pas les *soupes populaires!*

LE GAGNE-PETIT

Ce récit, mes chers enfants, a pour but de vous prouver que la profession la plus abjecte en apparence est souvent digne d'estime, de considération, et que la bienfaisance même se cache quelquefois sous des vêtements grossiers. Gardez-vous donc bien de ne juger les personnes que sur leur extérieur, et dites-vous en regardant le plus humble artisan gagnant son pain à la sueur de son front : « Sous cette veste de bure et rapiécée bat peut-être le cœur le plus noble et le plus généreux. »

Michel Bertrand, ancien sergent d'infanterie, devenu rémouleur ambulant, vulgairement nommé *gagne-petit*, était un de ces hommes francs et courageux qui se plaisent à cacher le bien qu'ils font sous le voile du mystère. Habile dans son état, grand travailleur et d'une gaieté intarissable, il était toujours bien accueilli dans les villages qu'il parcourait, dans les divers châteaux à la porte desquels il se présentait. Dès qu'il venait, avec sa femme, établir ses meules à aiguiser les ciseaux, les couteaux et les instruments de toute espèce, il ne tardait pas à se voir entouré de nombreux chalands qui souvent l'obligeaient de séjourner plusieurs jours parmi eux; car il songeait, avant tout, à ménager les forces de son excellente femme, qui tournait la roue derrière lui, tout en chantant une vieille chanson du pays, dont la naïveté faisait sourire le gagnepetit et lui donnait du cœur à l'ouvrage.

C'était dans les environs de Lyon et sur les belles rives du Rhône et de la Saône que Michel Bertrand et Madeleine, sa digne compagne, exerçaient leur modeste profession, qui ne laissait pas de leur devenir souvent très-profitable. Aussi jamais n'acceptaient-ils l'hospitalité qu'on leur offrait, si ce n'est dans quelques châteaux isolés, dans quelques grosses fermes éloignées, où le travail leur avait fait oublier que le jour touchait à son déclin et que la nuit approchait. Mais partout où ils apercevaient une auberge, ils allaient y prendre, en payant, leur souper et leur coucher. « Lorsqu'on gagne honnêtement sa vie, disait Michel, on n' doit point r'cevoir la charité.

— T'as raison, not' homme, ajoutait la bonne Madeleine ; le pain qu'on paye a ben meilleur goût
que l' pain qu'on nous donne. Aussi j'ons toujours soin d' porter dans ma panetière de quoi
nous réconforter tous les deux pendant tout le
jour ; j'en sommes quittes pour manger assis sur
l'herbe, à l'ombre d'un vert feuillage, c' qui n'
fait qu' doubler not' appétit. »

Depuis plusieurs années, Michel et sa femme
parcouraient seuls les environs de Lyon, toujours
bien achalandés dans les lieux où ils s'arrêtaient.
Bientôt ils parurent accompagnés d'un jeune enfant d'environ douze ans, d'une force remarquable et d'une figure intéressante ; il soulageait sa
mère à porter tantôt la panetière contenant la
nourriture de la journée, tantôt la roue qui faisait tourner les meules du gagne-petit. Il se nommait Prosper, et paraissait répondre au tendre
attachement que lui témoignaient ses parents.
C'était lui qui remettait ordinairement aux diverses personnes les outils qu'avait repassés son
père, et lui rapportait le prix de son travail. Il
s'était approprié l'obligation de tourner la roue à
la place de sa mère, qui toutefois le relevait bien
souvent encore dans cette corvée pénible et mo-

notono, surtout pendant les longues et chaudes journées de la belle saison,

Prosper avait la noble fierté de ses parents; il n'acceptait jamais rien des pratiques, même de celles qu'il intéressait le plus, si ce n'est un verre d'eau lorsque la soif le tourmentait trop fort, ou bien un fruit qui lui faisait attendre plus patiemment le repas du soir. Il se faisait surtout remarquer par une voix vibrante, expressive, dans les chansons que sa mère lui avait apprises; il les répétait, en tournant la roue, avec une verve qui souvent rassemblait les passants autour de lui. Il excellait surtout dans une vieille romance intitulée *l'Enfant sauvé*, récit historique et touchant du dévouement admirable d'un pauvre rémouleur qui, dans un débordement horrible du Rhône et de la Saône, s'était exposé, malgré les cris de sa femme, à une mort presque certaine pour sauver un enfant entraîné dans son berceau sur les flots en fureur. C'était la mère Madeleine qui avait appris à son cher Prosper cette ancienne chanson répandue dans tout le pays, et jamais celui-ci ne la répétait sans voir de douces larmes s'échapper des yeux de ses parents, et sans éprouver lui-même une vive émotion.

Par une belle matinée du mois de juin, Michel
Bertrand, sa femme et Prosper, vinrent établir
leur atelier de gagne-petit devant la grille d'un
vaste château situé près du village de Quincy, sur
les belles rives de la Saône, et ne tardèrent pas
à recevoir du chef de cuisine divers objets à re-
passer. Ils se livraient au travail avec leur zèle
accoutumé, lorsqu'une pluie d'orage, qui survint
tout-à-coup, les força à se réfugier sous une des
remises pratiquées au-dessous d'une aile des bâtiments, dont les fenêtres donnaient sur la cour
de service; se trouvant à l'abri de l'ondée qui
continuait à tomber, nos rémouleurs redoublaient
de zèle à l'ouvrage et se préparaient une bonne
journée, lorsque Prosper, selon son usage, se
met à chanter, tout en tournant la roue, une de
ses chansons favorites, et cela d'une voix expressive, retentissante. Michel, tout en repassant les
outils qu'on lui avait confiés, et la bonne Madeleine, assise sur un mauvais escabeau, et raccom-
modant une vieille jupe déchirée, répétaient gaie-
ment avec leur cher Prosper ce refrain de la romance :

Sur les flots vogue en assurance,
Vogue sans crainte, bel enfant!

Sur toi veille la Providence :
Tu braveras la fureur du torrent.
Vogue sans crainte, bel enfant !

Le rémouleur et sa femme, en chantant ce refrain, portaient sur Prosper des regards attendris, et paraissaient réprimer avec effort la vive
émotion qu'ils éprouvaient. Celui-ci, loin de s'en
apercevoir, se livrait à toute sa verve, à toute la
gaieté de son âge, lorsqu'un domestique en livrée,
descendant brusquement par un escalier dérobé,
vint leur signifier qu'ils eussent à cesser leurs
criailleries, qui étourdissaient M. le comte de
Rosental, son maître, en ce moment occupé à
faire une lecture intéressante.

« Pardon, excuse, mon cher Monsieur, lui répond Prosper; mais je n' saurais tourner ma roue
sans chanter ; ça me donne du cœur à l'ouvrage,
et ça me fait oublier la fatigue de mon état. —
En ce cas, répond le laquais, allez travailler plus
loin, car M. le comte vous ferait chasser hors du
château. — On n' chasse pas de la sorte un ancien sergent du 35ᵉ, réplique Michel d'un ton
martial et prononcé. Les honorables cicatrices
que je porte ne me permettent pas de me laisser in-
sulter impunément. Il est donc bien terrible, vot'

comte de Rosental? est-il dans l' service? — Il est trop jeune encore. — Et quel âge a-t-il donc? — Pas tout-à-fait douze ans. — Mon père n'en f'rait qu'une bouchée, dit Prosper en éclatant de rire. — Allons, p'tit garçon, taisez-vous! dit à son tour la mère Michel, toujours prête à prévenir la moindre dispute, c' brave homme n' fait qu'exécuter les ordres qu'on lui a donnés; et l'on n' vient pas chez les gens pour les m'nacer. L'ondée est passée; r'tirons-nous sous ces gros arbres qui sont auprès d' la grille, sur la grande route, et nous y achèv'rons notre ouvrage, sans crainte d'étourdir M. le comte. — Et vous ferez bien, reprend le domestique, car il n'est pas endurant. — N'y aurait pas d' mal, en c' cas, à lui donner une leçon, dit Michel en souriant. — Comme il est à peu près de mon âge, voulez-vous que je m'en charge? ajouta le petit tourneur de roue, avec des yeux étincelants.

— Silence, encore une fois! reprend la mère Michel, lui mettant la main sur la bouche. Excusez, Monsieur, la vivacité d'un enfant qui n' sent pas toute la portée d' ses paroles... et nous, allons achever not' besogne en-dehors de la grille. — Là, du moins, reprend Prosper en toisant l'homme à livrée do la tête aux pieds, là, du moins, nous pourrons chanter tout à not' aise, sans crainte d'importuner M. le comte, qui n'a pas encore douze ans. » Le laquais se retira d'un air mécontent, et nos rémouleurs allèrent s'établir sous les arbres, près l'entrée du château.

Leurs chants recommencèrent en toute liberté, et le travail n'en allait que mieux. Comme ils achevaient d'émoudre divers objets, parut tout-à-coup à la grille le jeune comte de Rosental, escorté de plusieurs de ses gens, et portant sur sa figure l'expression de la colère : « Voilà donc comme vous obéissez aux ordres qu'on vous donne? dit-il en abordant les rémouleurs; et vous ne cesserez pas de me déchirer les oreilles avec vos criailleries? — Pardon, excuse, lui répond Michel; nous nous sommes privés de chanter tant qu' nous sommes restés dans les cours du château : mais, sur une grande route, on est libre, c'est la propriété de tout l' monde, et vous n'avez pas l' droit d' venir nous interrompre. — Mais je crois que ce vieux gagne-petit voudrait faire avec moi le raisonneur! reprend le jeune comte, rouge de dépit. — Si vous étiez aussi bon raisonneur que moi, mon p'tit mosieu, vous prendriez un autre ton. — Qu'appelles-tu *petit mosieu?* — Vous voyez bien qu' vous n'êtes pas plus grand qu' moi, répliqua vivement Prosper en mesurant son épaule à la sienne. — Excusez, mosieu l' comte! dit la mère Michel s'élançant entre eux deux et faisant reculer Prosper; c'est jeune, c'est vif, et ça n' sait pas c' que ça dit. — Ah! tu te crois autant que moi, petit manant!... Je saurai bien te faire mesurer la distance qui règne entre nous deux... Emparez-vous de cet insolent! dit-il à ses gens qui l'entourent. — Le premier qui s'avance est mort! s'écrie Michel Bertrand, désignant un hachoir qu'il porte à la main et qu'il venait d'aiguiser. S'emparer d' mon enfant à ma barbe! à moi, vieux militaire couvert de cicatrices!... J' vous l' répète, l' premier d' vous qui s'avance est mort! »

En ce moment, paraît à la grille du château la comtesse de Rosental, d'une figure noble, expressive, qui commande le respect, annonce la bonté; elle se fait rendre compte du sujet de la querelle, et, s'adressant à son fils d'un ton touchant, mais plein de dignité, elle lui dit : « Cher Arthur, vous ne vous corrigerez donc jamais de ce ridicule orgueil, de cet insultant dédain pour tous ceux

que le hasard a placés dans la classe du peuple?
Vous oublierez donc toujours qu'on y rencontre
souvent les qualités et les vertus qui nous rendent plus estimables, plus chers à la société que
ne le font les prérogatives du rang et de la fortune? Depuis la mort de votre excellent père, le
titre de comte dont vous avez hérité, et qu'il
avait conquis au champ d'honneur, vous enivre
et vous fait tourner la tête : il semble que tout
doive s'humilier, fléchir devant vous. Non con-
tent d'avoir chassé ces bonnes gens de l'intérieur
du château, vous les poursuivez jusqu'ici, vous
les insultez, vous les menacez! — Mais, ma
mère... — Retirez-vous dans votre appartement,
et n'en sortez que quand je vous en ferai donner
l'ordre.

—Eh quoi! dit Michel Bertrand, lorsque Arthur
se fut retiré, Madame s'rait-elle donc la veuve du
brave général Rosental, qui commanda longtemps les lanciers d' la garde impériale? — C'é-
tait mon mari. — Eh bien! j'ai reçu, tout près de
lui, à la bataille d'Austerlitz, une dragée dans
cette cuisse, qui, par bonheur, ne fit qu' traverser les chairs. — Ainsi, s'écria la comtesse en
lui serrant la main, c'était un frère d'armes de

son père que mon fils insultait!... Oh! comme je
veux l'en faire repentir! — J' lui disais donc la
vérité, reprend à son tour Prosper, en disant
qu'il n'était pas plus grand qu' moi. — Tu lui as
p't-être, en riant, dit la vérité, ajoute Madeleine
en le pressant dans ses bras. Cher enfant, tu es
plus grand qu' tu ne l' penses. — Que voulez-
vous dire, ma bonne mère? — Rien, rien, reprit
la bonne femme en regardant son mari, qui lui
fait signe de se taire. — Est-ce que cet enfant
ne serait pas à vous? reprend la comtesse de Rosental avec le plus vif intérêt. — Si fait, si fait,
s'écrie Michel en pressant Prosper sur sa poitrine,
il est à nous... oh! bien à nous... Mais c'est une
histoire qui s'rait trop longue à vous raconter. —
Si elle intéresse votre cher enfant, j'ose vous som-
mer de m'en instruire. La veuve de votre frère
d'armes n'a-t-elle pas quelques droits à votre
confiance? — J' nous pas l' courage d' vous refuser, ma bonne dame, lui répond la mère Michel;
et tandis que l'enfant va r'porter à vot' chef de
cuisine c' qu'i' nous a donné à r'passer, et qu'ensuite i' r'viendra mettre en ordre tout c' qui concerne not' état, j'allons vous suivre dans vot'
appartement si vous daignez nous l' permettre,

et là j' vous confierons not' secret... Tu nous attendras ici, Prosper, et p't-être qu'à force de r'cherches... — Mais, quoi qu'il puisse arriver, cher enfant, ajouta Michel en l'embrassant encore, dis-toi bien : Je n' s'rai jamais sans parents. »

Michel et sa femme suivirent la comtesse dans son boudoir, et là, forcés de s'asseoir à ses côtés, ils commencèrent le récit suivant : « Y a d' ça onze ans, dit le rémouleur. — Onze ans et d'mi, not' homme; c'était au mois d' novembre, le 17, et nous sommes au 18 mai. — T'as raison, bonne mère; y a donc onze ans et d'mi, nous parcourions, ma femme et moi, les villages qui bordent la Saône, d'puis Lyon jusqu'à Trévoux; les pluies d'automne avaient inondé tout l' pays : Vimy, Roche-Taille et Quincy même étaient sous les eaux; c'était, à douze lieues à la ronde, comme une mer rugissante, et la principale ferme de c' château, fut engloutie par l'inondation, qui dura quatorze grands mortels jours. — Oh! si vous aviez vu, Madame, ajoute la mère Michel, des habitations tout entières, des meules de blé, de fourrages, des meubles d' toute espèce, emportés par le torrent,... c'était à faire frémir! — Mais c'

qu'était l' plus pénible à voir, reprend le rémouleur avec expression, c'était d'apercevoir, sur l'
cours de la Saône, des vêtements d' femmes et
des berceaux d'enfants ; c'était à tirer des larmes
du cœur le plus insensible. — Aussi not' homme
n' put y résister, reprit la mère Michel ; et quoi-
qu' je m' fusse j'tée à ses pieds pour l'empêcher
d'exposer sa vie,.. — Est-ce qu'on peut résister
à un pareil spectacle? repart vivement Michel
Bertrand. J'en fais juge madame la comtesse,..

« Nous nous étions retirés, ma femme et moi,
sur les hauteurs de Roche-Taille avec un grand
nombre d'habitants des environs, qui, par bonheur, s'étaient munis d' vivres qu'ils partageaient
avec nous. Vieux militaire et nageur intrépide,
j'avais contribué plusieurs fois à sauver des malheureux entraînés par le torrent ; v'là qu' nous
apercevons au milieu de la Saône, dont le cours
était si rapide, un berceau en forme d' gondole
et en bois d'acajou, au-dessus duquel s'élevaient
deux p'tites mains blanches et potelées, qui semblaient invoquer du s'cours : ça me r'mua, moi,
jusqu'au fond des entrailles. Mais c' qui m'a-
ch'va, c' fut d' voir paraître au-dessus du berceau
une jolie p'tite tête blonde, qui m' fit l'effet d'un

ange tombé du ciel dans les eaux... J' quitte aus
sitôt ma veste, j'embrasse ma bonne Mad'leine,
qui n' voulait pas m' lâcher, en lui disant : Allons, du courage! j' m'élance à travers les flots,
qui d'abord me r'poussent, m'engloutissent, et
j'entends crier au rivage : « Il est perdu !... il est
mort... » Mais, habile plongeur, et fort du d'sir
de faire une bonne action, je r'parais sur la sur-
face de l'onde, j'atteins l' berceau et je l' ramène
à bord sur les hauteurs de Satonay, à plus d'une
lieue d' Roche-Taille, dont j'avais été entraîné
par la rapidité du torrent.

— Jugez, Madame, reprend la mère Michel,
jugez d' mes angoisses, d' mon désespoir! j'
croyais mon mari perdu à jamais pour moi, et je
m' livrais à toute ma douleur, lorsque, l' soir
même, un jeune pâtre vint m'apprendre que Michel avait abordé, comme par miracle, sur les
hauteurs de Satonay, et qu'il avait sauvé l'enfant... Je m' fais conduire auprès d' lui dans une
barque, et je l' trouve sous d' bons vêtements
qu'on lui avait prêtés; il était entouré d' plusieurs femmes du village, s' disputant à qui aurait l' bonheur d'allaiter l' pauvre petit naufragé,
qui déjà leur souriait et semblait les r'mercier

d'avance. J' réclamai, comme de juste, l' droit do
lui choisir sa nourrice, et ça vous a poussé
comme une fleur des champs aux beaux jours du
mois de mai.

— Dieu n' t'a pas permis do d'venir mère, dis-
je alors à Madeleine, en déposant l'enfant dans
ses bras; mais Dieu t'ordonne d'en remplir les
devoirs, et semble t'en promettre les jouissances.
— Dignes et braves gens! s'écrie la comtessse
en pressant leurs mains dans les siennes, oui,
sans doute, le ciel vous récompensera de votre
dévouement, de vos généreux sacrifices; car c'est
avec le produit de votre travail, avec la sueur de
vos fronts, que vous avez élevé cet enfant.

— Après avoir fait vainement mille recher-
ches, reprend Michel, pour découvrir son origine,
qu' tout nous dit être élevée, opulente, j' sommes
conv'nus, ma femme et moi, d' lui laisser croire
qu'il est not' enfant véritable; et j' nous sommes
bien gardés d' li mettre en tête des idées d' gran-
deur qui n'auriont fait que le tourmenter. — Et
pour ça, ajoute Madeleine, j' li avons fait accroire
que c' berceau d'acajou et l' voile d'belle mousseline brodée qui l' couvrait étaient une prise
qu'a faite mon mari à l'époque des inondations :

l' cher enfant vous gobe ça doux comme fraise,
et s' croit bien franchement l' fils d'un pauv'
gagne-petit. — Mais c' que nous avons eu soin
surtout de n' jamais lui faire voir, reprend le rémouleur, c'est un riche médaillon qu'on avait
attaché à son cou, où s' trouve un portrait d'homme avec un p'tit papier cont'nant une écriture au
crayon.

   — Un portrait! dit la comtesse avec une vive
curiosité. — Je l' porte toujours là, dit Madeleine en désignant sa poitrine; i' n' m'a jamais
quitté.— Ne pourriez-vous pas me le faire voir?
— L' moyen d' vous r'fuser, madame la comtesse?
mais surtout n'en parlez pas à Prosper. » Madeleine tire aussitôt de son sein un médaillon en or,
l'ouvre et le présente au regard de madame de
Rosental, qui s'écrie avec le saisissement de la
surprise et de la joie : « Que vois-je!... mon
frère!... — Vot' frère, Madame! s'écrie à son tour
Michel Bertrand. — Oui, c'est mon frère, le comte
Alfred de Thyl, colonel de cavalerie, l'ami de mon
enfance, que j'ai tant pleuré... Eh! comment ne
reconnaîtrais-je pas ce portrait? c'est mon ouvrage; c'est moi qui l'avais peint pour sa femme,
Amélie Descarville, aussi belle que bonne, dont

je reconnais l'écriture tracée sur ce billet, d'une
main défaillante. — Plus de doute, dit Michel,
Prosper est leur enfant. — C'est à la fois mon neveu et mon filleul, reprend la comtesse; dites-
moi, avez-vous conservé le berceau qui s'offrit à
votre vue ? — Oui, Madame, répond Madeleine,
ainsi que l' rideau d' riche mousseline brodée. —
Et n'avez-vous pas remarqué, au pied du berceau, une plaque en cuivre doré ? — Oui, Madame, portant un double chiffre composé d'un H et
d'un T. — Qui signifient, reprend la comtesse,
Hector de Thyl, noms sous lesquels il fut baptisé.
Le pauvre enfant perdit son père et sa mère, qui
s'étaient retirés de ce château pour se réfugier
dans une de leurs fermes, où l'inondation de 1827
les poursuivit; ils y furent engloutis sous les
flots, ainsi qu'un grand nombre d'habitants; et
la malheureuse mère, forcée de se séparer de son
cher Hector, l'aura sans doute confié à la Providence, en attachant à son cou ce portrait et ce
billet qui pourraient un jour le faire reconnaî-
tre... Courez vite le chercher, excellente femme;
il me tarde de le presser sur mon cœur, de revoir,
de retrouver en lui mon frère. » Madeleine prend
aussitôt sa course et va trouver le gagne-petit,

qui achevait de serrer ses outils de rémoulage en fredonnant encore la vieille chanson de l'*Enfant sauvé*.

Pendant ce temps-là, madame de Rosental se disposa, de concert avec Michel Bertrand, à donner au jeune Arthur, son fils, la leçon qu'il méritait. Le jeune rémouleur arrive conduit par sa mère adoptive, et n'ose encore s'avancer vers la comtesse, qui lui tend les bras en lui disant, les yeux noyés de larmes : « Viens, mon sang, viens, fils de mon frère, sur le sein de ta marraine ! » Le gagne-petit hésite, il n'ose croire à cet étrange changement, et, s'accrochant au cou de Michel et de Madeleine, il leur dit : « Jamais, jamais je ne cesserai d'être vot' enfant. — Oui, lui répond le rémouleur, not' enfant adoptif; oh çà ! à la vie, à la mort; mais tu dois te j'ter aux pieds d' la digne sœur de ton véritable père. » A ces mots, il le conduit vers la comtesse en lui disant : « Dieu m'avait choisi pour le sauver et soigner son enfance, je vous l' restitue. » Madame de Rosental le presse sur son sein palpitant, le couvre des baisers les plus tendres, et tend la main à Michel et à sa femme, qu'elle remercie des soins qu'ils ont donnés à son cher filleul.

Entre en ce moment le jeune comte de Rosental, auquel elle avait fait donner l'ordre de se rendre auprès d'elle. A la vue de ce groupe enlacé,
à la vue surtout du petit rémouleur assis sur ses
genoux et pressé dans les bras de sa mère, Arthur
reste stupéfait, rougit et baisse les yeux. « Vous
voyez, mon fils, lui dit alors la comtesse, un de
ces coups de la Providence qui se plaît à venger
les opprimés ; vous traitiez avec mépris, avec dureté cet orphelin ; c'est mon filleul, l'unique reje-
ton d'une famille illustre, c'est le fils légitime du
colonel de Thyl, mon frère chéri, dont je vous ai
parlé tant de fois. Vous vouliez le faire chasser
par vos gens de ce château, et vous étiez chez
lui, car ce domaine lui appartient, ainsi que plusieurs autres que je saurai bien lui faire restituer
par un acte authentique. Enfin vous ne regardiez
ce jeune gagne-petit que comme un simple ma-
nœuvre réduit à gagner son pain à la sueur de
son front : eh bien ! c'est le comte de Thyl, pos-
sédant à lui seul plus du double de notre fortune.
Vous le voyez, Arthur, l'orgueil nous expose tôt
ou tard à d'étranges méprises, à de justes humi-
liations. — Je remercie le ciel, ma mère, de la
forte leçon que je reçois, et surtout par une bou-

che aussi tendre, aussi expressive que la vôtre.
Vous pouvez juger, à mon émotion, du changement qui s'opère en moi : vous me voyez corrigé
pour la vie ; et j'ose croire que le fils de mon oncle, que le filleul de ma mère, ne me refusera pas
de le presser dans mes bras. — Oh ! d' tout mon
cœur, s'écria l'enfant sauvé : j' suis trop flatté d'
la grâce, d' l'honneur que veut bien m' faire
monsieur le comte. — Appelle-moi Arthur tout
bonnement, et tutoyons-nous ; tu vois que je t'en
donne l'exemple. — C'est dit ; tu m'aid'ras, ainsi
qu' marraine, à prendre l' ton, le langage et les
manières d'un comte ; mais c'est à condition que
j' verrai toujours mon père et ma mère dans mes
chers libérateurs, qui ne m' quitteront qu'à la
mort, que j' répét'rai tout à mon aise la chanson
d' l'*Enfant sauvé*, et qu' je n' cesserai d'honorer
le métier de *gagne-petit*. »

LE VIEUX CURÉ DE VILLAGE

De tout ce que j'ai offert jusqu'ici, mes chers enfants, à votre vénération, aucun être sur la terre n'en est plus digne, selon moi, qu'un vieux pasteur dont presque toutes les ouailles habitent sous le chaume, qui s'est fait la sainte habitude de s'imposer des privations pour secourir l'indigence, de n'employer les admirables paroles de l'Évangile que pour faire aimer la religion dont il est le ministre, enfin de se montrer, partout, et dans tous les temps, le fidèle délégué d'un Dieu de paix, d'indulgence, de justice et de bonté.

Entourons de nos respects et de notre admiration le héros qui verse son sang pour sa patrie, et dont les hauts faits contribueront à sa gloire et à sa prospérité; honorons le législateur qui maintient l'ordre public, le magistrat qui fait courber tous les rangs sous la puissance de la loi, le savant, le lettré, qui dotent la France de leurs écrits, l'artiste célèbre qui l'enrichit de ses chefs-

5

d'œuvre; mais découvrons-nous avec une reli-
gieuse déférence devant le digne ministre des
autels, devant ce pieux vieillard qui, depuis près
d'un demi-siècle, habite le modeste presbytère
d'un village éloigné des cités nombreuses, et
dont les habitants le regardent comme un envoyé du ciel, pour féconder leurs travaux, bénir
leurs unions, instruire leurs enfants, adoucir
leurs chagrins et les maintenir dans cette douce
foi, dans ce calme de l'âme qui nous rendent sur
la terre aussi heureux que nous pouvons l'être,
et nous font espérer, dans une autre vie, une éter-
nelle félicité.

Tel était le vénérable Vincent, curé d'un village
situé sur les bords de la Marne, à quelques lieues
de Melun, au milieu de vastes plaines, dont l'a-
griculture exige beaucoup d'efforts, et dont les
produits ne sont pas toujours proportionnés aux
gouttes de sueur qu'ils font répandre. Depuis
quarante-sept ans, l'abbé Vincent y exerçait son
pieux ministère, et deux générations s'étaient,
pour ainsi dire, élevées sous ses yeux. Il avait
uni les aïeux, baptisé, marié leurs enfants, et
venait de faire faire la première communion à
leurs petits-enfants. Possesseur d'un honnête

patrimoine qui pouvait s'élever à six mille francs
de rente, issu d'une honorable famille de magis-
trats, doué de toutes les facultés qui composent
un orateur de la chaire, il avait été sollicité souvent par l'évêque de Meaux d'occuper dans le sa-
cerdoce un poste plus éminent; mais, pasteur
fidèle, il n'avait jamais voulu quitter le troupeau
que Dieu avait confié à sa garde; et l'inexprima-
ble bonheur de secourir en secret un pauvre
vieillard, de réparer un désastre, de conserver à
ses parents un fils que le sort venait de désigner
conscrit, de saisir, en un mot, toutes les occa-
sions de faire bénir la céleste Providence, ce bonheur, dis-je, de tous les genres, de tous les ins-
tants, avait plus d'attraits pour son cœur aimant,
expansif, que toutes les brillantes jouissances
qu'on trouve dans le grand monde. Son humble
demeure, qu'il avait fait réparer à neuf, lui paraissait préférable au palais épiscopal de la ville
de Meaux, et son commerce quotidien avec les
nombreux agriculteurs de tout sexe, de tout âge,
dont il épurait les mœurs et dirigeait les cons-
ciences, lui semblait une mission qu'il avait re-
çue du ciel, par cela même trop utile et trop
sacrée pour qu'il pût jamais y renoncer.

On conçoit sans peine l'amour et la vénération que portaient au curé Vincent tous ses paroissiens. C'était pour eux un père chéri, un véritable envoyé du ciel; son nom retentissait dans toutes les chaumières, il était prononcé dans les prières du matin et du soir. Ce digne pasteur n'avait pas besoin de recommander à ses ouailles d'assister le dimanche à l'office divin; dès que la cloche annonçait que le ministre se préparait pour monter à l'autel, on accourait en foule, on s'agenouillait autour de lui, on se joignait à ses prières : on eût dit une seule famille qui répétait les paroles sacrées de son chef vénéré.

Aussi, dans ce paisible village, tout était soumis aux rites religieux, par la foi sincère et l'entraînement de l'exemple. Le moyen de ne pas élever son âme vers Dieu, dont le délégué répandait les bienfaits et faisait aimer la puissance? Le moyen de n'être pas fidèle à des croyances qui semblaient chaque jour attirer les bénédictions du ciel, rendre meilleur, encourager au travail, consoler dans la peine et faire aimer la vie ?... Tels étaient les précieux résultats de la morale que prêchait le vénérable Vincent, et que toujours il savait mettre à la portée des bons

villageois qui l'écoutaient. Il avait pour principe
qu'en chaire la plus belle éloquence est celle qui
persuade et propage la foi.

Un soir du mois de juillet, après une journée
dont la chaleur était dévorante, notre digne curé
relisait un des admirables récits de Fénelon, à
l'ombre de plusieurs tilleuls qu'il avait plantés
lui-même au fond de son petit jardin, lorsque
Jean-Pierre, son fidèle bedeau, vint l'avertir qu'un
habitant du hameau des Tisserands venait d'être
atteint d'une attaque d'apoplexie, et que le médecin craignait pour ses jours. Un des voisins du
malade était accouru pour réclamer les secours
de la religion, et attendait la réponse du vénérable pasteur. « Dites que je me mets en route à
'instant même, » répond celui-ci, se disposant
déjà à se munir de ce que lui prescrivait son saint
ministère. « Mais, monsieu le curé, l'y a pour
trois quarts d'heure d' marche d'ici au hameau
des Tisserands; i' fait une chaleur étouffante;
déjà même l' tonnerre s' fait entendre au loin ; et
à vot' âge, c'est vous exposer. — Quand le devoir l'ordonne, on doit tout braver, mon vieux
Jean-Pierre : va sonner le salut du départ, et en
avant tous les deux ! » Tandis que le bedeau va

rendre réponse à l'émissaire, le pieux Vincent
fait sa prière au pied de l'autel, y prend les vases
sacrés, qu'il porte sur sa poitrine dans un sac de
velours, passe un surplis, l'étole pastorale, invo-
que de nouveau le ciel pour l'accomplissement
de son saint pèlerinage, et se met en route, pré-
cédé du bedeau en costume, qui, sonnant de
temps en temps la clochette, fait prosterner devant le saint ministre tous les villageois qui se
trouvent sur son passage.

Cependant les nuages orageux se sont élevés
sur l'horizon et répandent de larges gouttes d'eau
qui commencent à mouiller la terre. Le courageux Vincent voudrait hâter le pas, mais ses soixante-quinze ans ne lui en ont pas laissé la force.
« J' vous l' disais bien, monsieu le curé, qu' la
pluie nous prendrait en chemin. Nous s'rons
transpercés avant d'arriver à not' destination.
— Qu'importe! le malade est en danger : nous
n'avons pas une minute à perdre. — Si du moins
vous vous étiez muni d'un manteau. — Il fait trop
chaud. — D'un parapluie. — J'aime à être à la
grâce de Dieu, quand je porte sa sainte image.
— Mais, en attendant, vous s'rez trempé jusqu'aux
os; vous en s'rez p't-être malade; et puis je s'rai

blâmé d' tous vos paroissiens. C'est comme ça, m' diront les uns, que tu soignes not' bon pasteur ? Fallait t' dépouiller d' tes vêtements et l'en couvrir, ajout'ront les autres. Sais-tu bien qu' t'es responsable d' not' père à tous, s'écrieront ceux-ci. Faut qu' tu n'aies ni cœur ni prévoyance, diront ceux-là, pour laisser un vieillard exposer sa tête vénérable à la fureur, aux dangers d'un orage ! — Eh bien ! Jean-Pierre, tu répondras à tout cela : Le malade était en danger... Marchons toujours ! »

Tout en discourant ainsi, ils passent sur les bords de la Marne, devant un établissement de blanchisseuses, que l'approche menaçante de la pluie avait presque toutes fait fuir. Il ne restait plus que quatre jeunes filles de quatorze à quinze ans, lesquelles, abritées sous un petit hangar portatif et couvert de paille, continuaient leur travail pour reporter à leurs pauvres parents le salaire de la journée. Au son de la clochette du bedeau, et à l'aspect de leur cher et vénérable pasteur, elles se signent, tombent à genoux, et reçoivent sa bénédiction. « Quoi ! dit l'une d'elles, not' bon curé s'expose à la pluie, à la foudre, sans avoir rien qui puisse mettre à l'abri sa tête

vénérable ? — Nous n' le souffrirons pas, dit une
autre en quittant son tablier, il s'est tant d' fois
dépouillé pour les pauvres, qu'il nous permettra
d'en faire autant pour lui. — Faisons mieux,
ajoute une troisième : le hangar qui nous couvre
est appuyé sur quatre bâtons piqués en terre ;
qu' chacun' d' nous en prenne un, ça formera un
dais, sous l'quel marchera not' ami, not' bienfaiteur, ni pus ni moins qu' s'il faisait la procession.
— Oh ! la bonne idée ! » s'écrièrent les trois autres jeunes filles ; et au même instant le hangar
couvre le curé, et, lui formant un abri de six
pieds de long sur quatre de large, le préserve de
la trombe horrible qui s'élève, et à laquelle, malgré son pieux dévouement, il n'eût pas pu résister. Aussi ne cessait-il de dire à ses jeunes acolytes : « C'est Dieu qui vous envoie à mon secours ;
sans vous, anges terrestres, je n'aurais pu gagner
la demeure de l'agonisant qui m'attend ; sans
vous je n'aurais pu remplir le plus sacré, le plus
important de mes devoirs. Le ciel seul peut vous
récompenser de ce que vous faites pour lui...
Mais rapprochez-vous donc de moi, afin que l'a-
verse ne transperce pas de la sorte vos vêtements.

— Oh! monsieu l' curé, lui répond Marie Simon, fille d'un terrassier, j' sommes trop heureuses d' pouvoir vous mettre à couvert pour nous
apercevoir de l'ondée. — Et puis, comme vous
nous l' disiez dimanche au prône, ajoute Laurette Alain, fille unique de la pauvre veuve d'un
berger, plus un service rendu nous coûte de
peine, et plus il nous mérite la protection du Seigneur. — Oh! dit à son tour Madeleine Guyon,
fille d'un tisserand, c'est que j' n'oublions pas c'
que vous dites en chaire d'un ton si pénétrant
qu' j'en avons toutes les larmes aux yeux. —
Surtout, ajoute la quatrième jeune fille, Suzette
Morand, unique soutien de son vieux père infirme, batteur en grange, surtout c't' exhortation
qu' vous nous fîtes, l'y a trois mois, l' jour d' not'
première communion; jamais el' ne sortira d' not'
mémoire. Aussi j'entendions dire à tout l' monde
autour de nous : Le curé Vincent est digne du
beau nom qu'il porte. »

En ce moment un éclair terrible s'échappe d'un
nuage épais et sillonne autour du pieux cortége;
le vieux pasteur se signe avec sang-froid, et se
tient plus que jamais à l'abri de la pluie qui re-
double. Les quatre jeunes filles se signent à son

exemple ; mais, au bruit de la foudre qui éclate en ce moment avec violence, Marie et Suzette pâlissent, Madeleine tremble au point qu'elle ne peut plus porter son cher fardeau ; et Laurette de leur répéter ces saintes paroles qu'elle avait retenues : « Plus un service nous coûte de peine, et plus il nous mérite la protection du Très-Haut. » Cependant l'orage devenant plus menaçant et plus terrible, le digne pasteur crut qu'il était prudent de s'arrêter. Les quatre acolytes déposent donc à terre les bâtons qui supportent le dais improvisé ; et les jeunes filles, ainsi que le bedeau, viennent s'y presser autour du bon Vincent, qui les couvre de ses mains paternelles. La foudre éclate avec un fracas épouvantable, et va tomber à vingt-cinq pas de là, sur un grand arbre qu'elle dépouille de ses branches. Les jeunes filles poussent un cri perçant, le vieux Jean-Pierre lui-même est tremblant ; et le vénérable pasteur, les bénissant de nouveau, leur fait alors baiser, avec un pieux recueillement, le sac de velours qu'il porte sur sa poitrine, en leur disant, avec cette assurance et ce calme d'une angélique conviction : « J'étais bien sûr, mes chers amis, que Dieu ne permettrait pas que le

feu du ciel frappât le ministre qui porte son au-
guste image. »

Le cortége se remit en route, malgré la pluie
qui tombait toujours en abondance, et parvint,
après une grande demi-heure de marche, au hameau des Tisserands. Le malade pour lequel on
avait réclamé les secours de la religion était un
fermier jouissant d'une honnête aisance, et dont
la famille fut émue de respect et de reconnaissance à l'aspect du vieux pasteur qui, malgré la
longue distance du hameau à l'église, avait bravé
la pluie et la foudre pour se rendre auprès de l'a-
gonisant. Le bon Vincent demande que l'on con-
duise sur-le-champ les quatre jeunes filles, dont
il raconte le religieux dévouement, dans une
chambre séparée où, devant un bon feu, elles
puissent faire sécher leurs vêtements transpercés; puis il gagne le chevet du lit du fermier,
auprès duquel il trouve le médecin, qui lui annonce qu'il arrive à temps, et qu'une heure de
retard de plus son saint ministère devenait inu-
tile. Le curé s'approche aussitôt de l'agonisant,
mais, soit que l'aspect du pasteur frappât la vue
obscurcie du mourant, soit que cette voix pater-
nelle, qui tant de fois avait pénétré jusqu'au fond

du cœur de celui-ci, réveillât ses sens anéantis, le moribond remue les yeux ; un sourire de béatitude erre sur ses lèvres décolorées : il se signe d'une main défaillante, saisit celle du curé et la baise avec ivresse. Enfin, il fait entendre ces mots d'une voix entrecoupée: « Je remercie Dieu... de me procurer le bonheur... de vous revoir encore... » Tous ceux qui entourent le malade sont extasiés de cette véritable résurrection, et le médecin lui-même, annonçant que les forces renaissent, comme par enchantement, prétend que c'est le réveil de l'âme ; la jouissance inespérée de se retrouver dans les bras de son cher pasteur ramène à la vie le vieillard dont, peu de temps auparavant, il croyait les jours menacés. On présume aisément la joie de sa nombreuse famille, et de combien d'actions de grâces le vénérable pasteur se vit entouré. Voulant toutefois avoir, avec le malade, un entretien particulier, il fait retirer tout le monde, jusqu'au vieux bedeau, qui en profite par aller faire à son tour sécher ses habits ; et, au bout d'une heure, chacun fut admis dans la chambre, pour unir ses prières à celles du curé. Heureux et fier de son courage et de sa persévérance, il administra le

bon père de famille, et lui fit bénir les jeunes
filles dont le pieux dévouement lui procurait les
secours et les consolations qui déjà semblaient
faire espérer sa guérison.

Cependant l'orage s'était entièrement dis-
sipé, et les cérémonies religieuses étant termi-
nées, le vieux curé se disposait à regagner son
église, pour y rendre grâces à Dieu de son heureux pèlerinage; mais le malade voulut remer-
cier lui-même les quatre jeunes filles; il se fit
donner leurs noms, leurs demeures.

On regagna donc le village, mais sans le dais
improvisé, devenu trop pesant, la paille étant
trempée par la pluie; le fils aîné du fermier promit de le reporter dès le lendemain, nouvelle-
ment rempaillé, à l'atelier des blanchisseuses.
Le vieux prêtre, à qui l'on avait offert un che-
val pour faire la route, préféra aller à pied, entouré de ses quatre anges terrestres, leur faisant
répéter les prières qu'il adressait au Seigneur.
Cet étrange cortége piqua la curiosité des habitants du village; ils accompagnèrent le bon pasteur jusqu'à l'autel, où, après le salut d'usage, il
proclama lui-même le religieux dévouement de
Marie Simon, de Laurette Allain, de Madeleine

Guyon et de Suzette Morand, auxquelles il donna
de nouveau sa bénédiction. Ce trait si touchant
de piété fut bientôt répandu dans tout le pays ;
il attira sur ces jeunes filles une estime et un intérêt qui contribuèrent bientôt à améliorer le
sort de leurs pauvres familles. Unies toutes les
quatre par la considération qu'elles s'étaient ac-
quise, elles formèrent une association de blanchissage qui, chaque jour, leur devint plus profitable. Bientôt arriva le quinze du mois d'août,
la fête de la Vierge. Elles furent choisies par
toutes les filles du village pour porter leur ban-
nière, et, la veille de ce beau jour, chacune d'elles reçut, par l'entremise du vieux bedeau, un
habillement très-complet, sans faste, mais d'une
propreté remarquable. Ce qui surtout les ravit
dans cette offrande, ce fut une médaille d'or, attachée à un ruban blanc, portant d'un côté le
nom de chacune d'elles, et, de l'autre, la date
du 17 juillet 1835, jour mémorable où elles
avaient escorté le curé Vincent au hameau des
Tisserands. On a déjà deviné que c'était un don
préparé par le vénérable pasteur qui, par là,
voulut perpétuer dans le pays le souvenir d'une
pieuse action. Chacun, en effet, à la fête du len-

demain, admirait la médaille que portait sur sa poitrine chaque associée, et redoublait de félicitations sur leur touchante conduite.

Le fermier, nommé Jacques Morin, fut bientôt en pleine convalescence; et dès qu'il eut recouvré les forces suffisantes pour franchir la distance de sa demeure au village, il se présenta chez le curé, pour lui exprimer de nouveau toute sa reconnaissance, et le pria de l'accompagner chez chacune des jeunes filles, désirant à son tour leur prouver sa gratitude. Ils parvinrent à les réunir chez une d'entre elles, où tout annonçait une nouvelle aisance. Le fermier, après les avoir pressées sur son cœur, leur dit avec cette effusion d'une âme sensible et d'un homme de bien : « Je vous dois la vie, chères petites; sans vous, not'bon pasteur n'eût jamais pu me faire participer aux s'cours de la religion; et c'est à son aspect, à ses douces paroles, que j'ai repris mes sens et r'trouvé l'existence. J'ai donc résolu d' contribuer à votre bien-être. Tous les ans, tant que j' vivrai, chacune d' vous recevra, le 17 juillet, trois sacs de blé froment, contenant ensemble trente-six mesures, qui vous nourriront une grande partie d' l'année. Vous comptiez ne secourir qu'un agoni-

sant, qui réclamait l'assistance de son cher pasteur; eh bien! vous avez sauvé vot' fermier. Dès
d'main, mon fils vous amènera ma première r'de-
vance. — Je vous reconnais là, Morin, lui dit le
curé Vincent, en lui serrant la main; vous me
rendez plus cher encore notre saint pèlerinage;
et j'avais bien raison de dire à mes anges terrestres que Dieu les récompenserait. » En effet, à
partir de cette époque mémorable, tout sembla
prospérer dans leurs familles. Le père de Marie,
habile terrassier, fut chargé des entreprises les
plus importantes. La mère de Laurette seconda
sa fille dans son association de blanchissage, qui,
de jour en jour, devenait plus prospère. Le tisserand Guyot dut à sa fille Madeleine des comman-
des considérables; et Suzette Morand eut la
jouissance de délivrer son père de ses infirmités,
et de le voir reprendre son état de batteur en
grange.

Trois années s'écoulèrent dans une prospérité
complète; et chaque dimanche après le 17 du mois
de juillet, les quatre jeunes amies, âgées de seize
à dix-huit ans, allaient au presbytère, où le curé
Vincent leur faisait raconter les succès de leur
association, le bien-être qui rejaillissait sur leurs

parents, la considération dont elles jouissaient
dans tout le village et ses environs. Le bon pasteur donnait son avis en véritable chef de famille;
car, chez lui, la piété ne négligeait aucun moyen
de concourir à la conservation des mœurs et à la
prospérité des alliances.

Mais tant de zèle et de bonté causèrent la
mort de ce digne ministre du Seigneur. Appelé
par les cris déchirants d'une famille de bûche-
rons, chez qui le feu venait de prendre, et dont
l'habitation faisait partie du village, le curé Vincent, habitué, dans ces cas désastreux, à donner
l'exemple du courage et de la charité, s'y rend,
malgré son grand âge, et contribue à sauver un
vieillard que les flammes allaient dévorer. Chargé
de ce précieux fardeau, il fait des efforts si
grands pour traverser un plancher tout en feu,
qu'il se rompt un vaisseau dans la poitrine. A
peine a-t-il déposé à terre le vieillard qui le bénit
et l'admire, il est atteint d'un vomissement de
sang qu'on espère en vain pouvoir réprimer, et
tombe expirant, en prononçant ces paroles : « Il
est sauvé !... Mes amis, priez pour moi. » Il serait
difficile de peindre les regrets et la consternation
de tous les habitants du village. Les quatre blan-

chisseuses accoururent, éperdues de douleur, et
réclamèrent le cruel honneur de charger sur leurs
bras les restes vénérés de ce père commun, et de
le transporter au presbytère, où toute la paroisse
voulut qu'il fût exposé dans ses habits sacerdo-
taux, pendant trois jours et trois nuits, pour y
recevoir leurs adieux, leurs prières et leurs larmes. Le médecin, pour répondre à leurs vœux,
se fit un devoir d'embaumer le corps de ce digne
pasteur; et ces honneurs funèbres, qu'on n'ac-
corde ordinairement qu'aux grands du jour et
aux célébrités qui font la gloire de leur siècle,
furent déférés unanimement à un simple curé de
village.

Parmi les habitants qui exprimaient la plus
profonde douleur sur la perte de cet excellent
homme, on remarquait les quatre jeunes associées. On les vit se relever deux par deux, pour
garder chaque nuit les restes de leur vénérable
ami. Ses plus proches parents, arrivant chaque
jour pour lui rendre leurs derniers devoirs, ne
purent s'empêcher de les approuver, lorsqu'ils
furent instruits de la mémorable journée du 17
juillet, dont chacune d'elles portait le signe
honorable sur sa poitrine. Mais l'émotion de ces

intéressantes jeunes filles redoubla, lorsqu'après
l'ouverture du testament du curé par le magistrat du canton, elles furent appelées par ce dernier pour entendre la clause suivante et littérale
qui les concernait :

« Désirant perpétuer le souvenir d'un des plus
beaux jours de ma vie, et le pieux dévouement
des quatre jeunes filles qui m'escortèrent, malgré l'orage, au hameau des Tisserands, le 17 juillet 1835, je désire qu'à mes funérailles les quatre
coins du drap mortuaire qui couvrira mon cercueil soient portés par Marie Simon, Laurette
Alain, Madeleine Guyon et Suzette Morand, blanchisseuses associées, lesquelles seront vêtues, ce
jour-là, du costume virginal que je leur offris le
jour de l'Assomption, et portant sur leur poitrine
la médaille d'or que j'ai fait frapper en leur honneur. Je lègue en conséquence à chacune d'elles
mille francs, ou cinquante pièces d'or que con-
tiennent séparément quatre bourses renfermées
au fond de mon secrétaire, et avec lesquelles je
les charge de faire, tous les ans, en mon nom, la
quête pour les pauvres, chaque dimanche qui
sera ou qui suivra le jour de mon décès. Je prie
instamment mon exécuteur testamentaire de ne

remettre les quatre bourses et l'or qu'elles con-
tiennent, qu'en présence des parents des léga-
taires. »

Cette clause du testament du curé Vincent fut
religieusement exécutée. Elle porta l'aisance et le
bonheur dans quatre familles. Elle donna surtout aux jeunes associées une considération qui
les fit plus que jamais prospérer dans leurs travaux. Voilà comme souvent un trait de piété,
une seule marque de respect pour un digne ministre des autels, peut nous attirer les faveurs
du ciel et influer sur notre existence. Ne cessez
donc pas, mes jeunes amis, d'honorer, de secourir au besoin les fidèles interprètes de la parole
de Dieu; et chaque fois que vous rencontrerez
sur votre chemin un pasteur en cheveux blancs,
hâtant le pas vers une chaumière, découvrez-
vous avec une pieuse vénération, et veuillez vous
souvenir du *vieux curé de village.*

FIN.

TABLE

TABLE.

FIN DE LA TABLE.

Limoges. — Imp. Eugène Ardant et Cie.

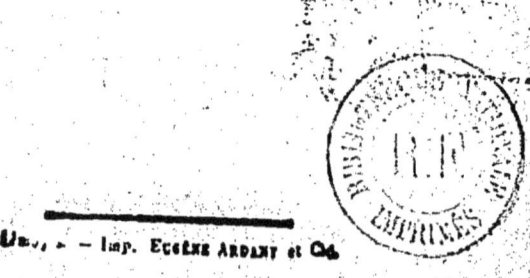

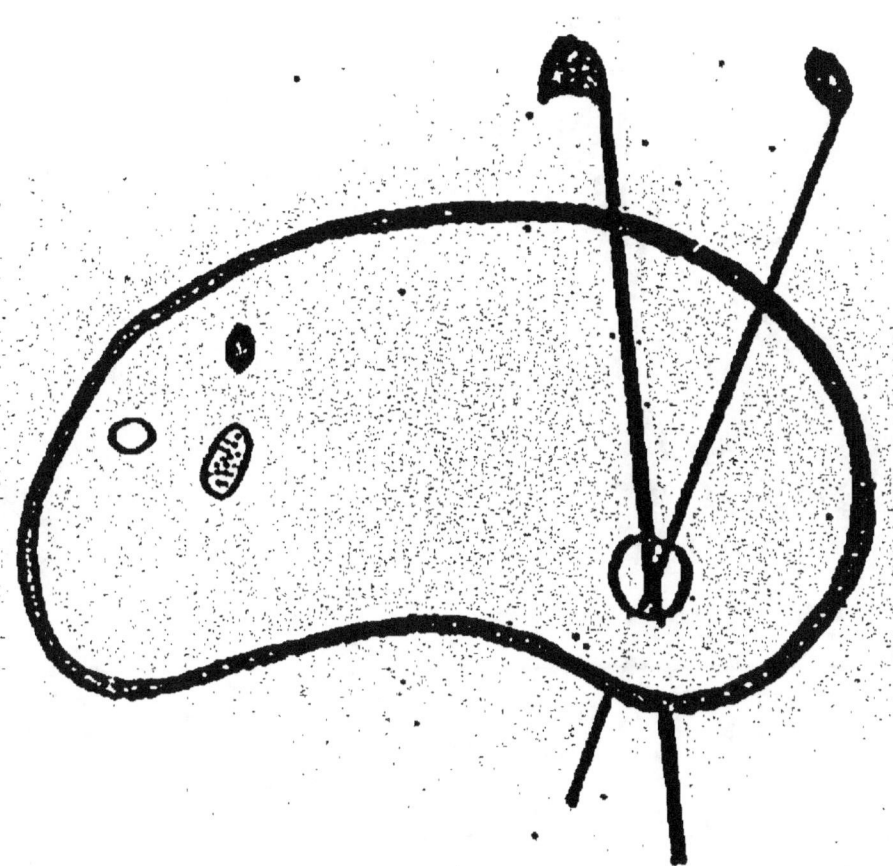

ORIGINAL EN COULEUR
NF Z 43-120-8

www.ingramcontent.com/pod-product-compliance
Lightning Source LLC
Chambersburg PA
CBHW060821250626
47162CB00005B/1887